Initiée mais pas prête

Christine Cointepas

Initiée mais pas prête

LE LYS BLEU
ÉDITIONS

ISBN : 979-10-377-7836-9

Préface

J'ai la joie de célébrer ici en préface l'édition de ce récit autobiographique. Moins parce qu'il est écrit par une amie chère à mon cœur que parce qu'il s'adresse à toutes les belles âmes affirmées ou en devenir.

Un témoignage qui, je le souhaite, vous accompagnera, vous lecteurs, vers la découverte de vos propres capacités.

On ne naît pas médium, on le devient, dit-on…

Si cela ne nie pas le fait de naître avec des dons, se familiariser avec eux, les apprivoiser et en faire un usage de lumière passe par des rencontres révélatrices, inspirantes et motivantes.

C'est justement cette RE-UNION entre Kris et moi-même qui a éclairé notre cheminement respectif.

Qu'il en soit ainsi pour vous !

Laurence Tessier

I
L'initiée et sa rencontre avec une médium

En 1995, lors d'une consultation, une médium me dit : « Tu es une initiée mais pas prête ».

Elle ajoute : « Tu écriras un livre ! »

À l'heure où j'écris ce livre, je ne sais même pas s'il verra le jour, malgré tout, tout récemment (2020), lors d'une communication avec mes guides familiers, ma mamie me dit : « Alors qu'attends-tu pour transmettre tes expériences ? » Je lui réponds que je ne sais même pas par où commencer.

Elle me donne la première phrase, et dans la nuit j'entends :

« Initiée mais pas prête ! »

Alors, c'est ainsi que je me lance aujourd'hui. Je me lance, oui, afin que toi, qui es de l'autre côté de ces pages, si tu te sens attiré par la spiritualité, voire la médiumnité, alors, sache que j'étais comme toi dans mes débuts, je voulais tout découvrir sur la spiritualité, c'est-à-dire tout ce qui touchait au monde de l'invisible, l'âme, l'au-delà. J'avais beaucoup lu de livres de médiumnité, des médiums qui racontaient leur expérience, alors je me suis dit, il me faut trouver un « mentor » pour m'apprendre « le métier » en quelque sorte, mais il a fallu que je me débrouille seule malgré tout. J'aurais aimé qu'un médium me montre les ficelles, comme je le fais aujourd'hui avec les personnes qui veulent avancer dans la spiritualité.

Revenons à ma rencontre avec la médium. J'avais eu les coordonnées de cette personne par le biais d'une collègue avec laquelle nous parlions beaucoup de spiritualité. C'est alors que j'ai pris rendez-vous.

Ma collègue m'avait annoncé qu'il était très difficile de se garer, nous sommes en 1995, à cette période, des grèves de transports, donc tout le monde prend sa voiture, c'est vraiment une période difficile, des tensions, des bouchons.

J'arrive à l'adresse indiquée, et là une voiture sort d'un stationnement.

« Étais-je attendue ? »

J'arrive chez la médium, elle m'ouvre et me dit : « Tiens, v'là mon ange adoré ».

Une seule personne m'appelait ainsi, ma grand-mère paternelle.

Je reste scotchée, et lui dis :

MOI : Pourquoi vous m'appelez ainsi ?

ELLE : Ha mais ce n'est pas moi, j'ai mamie avec moi.

Whaow !

Je m'installe, très agréable cette personne, avenante, souriante.

ELLE : Mamie t'envoie un beau bouquet de fleurs, elle est juste derrière toi.

ELLE : Ha, et j'ai aussi derrière moi un jeune homme, Alain.

De lui répondre pour blaguer :

MOI : Ha ? Mais je ne lui ai pas demandé de venir.

LUI : Il répond, tu n'as pas changé, tu es toujours la même.

Cette personne médium me décrit ma grand-mère, d'une façon tellement exacte, que j'en suis bluffée, elle me parle de crochet, elle se cache un œil et dit : « Je ne vois plus ». En effet, ma mamie a perdu un œil en traversant un terrain de tennis.

Elle dit : « C'est étrange, car elle me parle de Dieu, mais elle me cache quelque chose, ou elle cachait quelque chose, je vois une étoile jaune ? » Oui, elle était juive et durant la guerre, elle cachait son étoile lorsqu'elle était dans la rue, et plus tard elle s'est convertie en la chrétienté.

Ma mamie lui montre des bacs à glaçons dans lesquels elle faisait des glaces à la praline, j'adorais cela. C'était génial, ma mamie était vraiment là. La médium me dit qu'elle est toujours à mes côtés, qu'elle est mon guide[1].

Elle me parle de mon fils : « Il a quelque chose en lien avec son sang ? »

MOI : Oui, une anomalie chromosomique.

ELLE : Ne t'inquiète pas, il va bien évoluer, à son rythme, mais il va évoluer, et puis je le vois taper sur quelque chose, je te rassure ce n'est pas toi, « lol », mais je n'arrive pas à voir ce que c'est, mais ça va énormément l'aider.

Elle m'annonce des départs de mon beau-père, de ma tante, une maladie liée au sang, elle est partie d'une leucémie.

Bon tu vas me dire : « Nous ne sommes pas éternels non plus », mais pour ma tante c'était bien cela.

À l'époque je n'avais qu'une envie, partir de la région parisienne.

Elle me confirme : « Oui, tu vas partir dans le Sud. »

YES, super, je suis aux anges, je voulais partir à Aix-en-Provence, au soleil.

Et là elle me dit :

ELLE : Tu es une initiée, mais pas prête !

MOI : Initiée à quoi ?

ELLE : Tu es médium, mais ce ne sera pas pour le moment !

Alors oui, j'avais eu des flashs, je voyais bien des choses, tu verras plus loin dans la lecture, mais de là à prétendre quoi que ce soit ? En tout cas, surtout pas de la médiumnité.

---

[1] Guide familier : Âmes qui sont dans l'au-delà et protègent leurs familles, amis, collègues. C'est leur mission pour évoluer dans l'autre monde.

II
Qui est cette initiée ?

Depuis toute petite, j'ai toujours été attirée par tout ce qui touchait au spiritisme, les tables qui bougent, les films qui font peur. Comme je ne sais pas si tu as connu « Ma sorcière bien-aimée », je rêvais de faire comme elle avec son nez, c'était magique…☺, je me faisais des films, j'étais une enfant avec beaucoup d'imagination.

Mon père est très très cartésien, athée, quant à maman, elle a suivi une éducation catholique, sans pour autant pratiquer. Élevée par ses tantes, sa maman est décédée quand elle avait 3 ans, quant à son papa, il s'est laissé mourir de chagrin.

Je suis fille unique, une enfance « normale » si je peux dire, je n'avais pas tout ce que je voulais du fait d'être enfant unique, mes parents étaient plutôt modestes. Il est vrai que je m'ennuyais très vite toute seule, donc je recherchais la compagnie de copines et copains. Maman dit que j'ai été une enfant sage. Je garde quelques souvenirs de mon enfance, surtout avec mes copines et mes cousines que j'adore.

Mon père était très autoritaire, non, trop autoritaire !

Jusqu'à l'adolescence, où je me suis rebellée, ne supportant plus la façon dont il me traitait. Je me souviens de ma phrase : « La morveuse t'emmerde ».

J'entendais souvent : « Ta gueule, t'es qu'une morveuse ». Whaow, bon je n'en suis pas morte pour autant, quelque part cela m'a forgé le caractère de ne pas me laisser faire. Je garde aussi un souvenir d'une phrase que mon père m'a lancée un jour : « Retourne voir tes débiles ». À 18 ans je travaillais à Claye-Souilly (77) dans un institut Médico-éducatif, je m'occupais des personnes atteintes de trisomie 21, j'avais la vocation. Tu vas comprendre pourquoi je te raconte cela un peu plus loin.

À ce jour, j'ai 56 ans, mariée, heureuse dans mon couple, un mari adorable, et un papa extraordinaire, et nous avons un enfant de bientôt 31 ans. Je suis salariée d'un grand groupe en assurance depuis 1987, en invalidité depuis 2015.

En 1990, notre fils naît avec une anomalie chromosomique qui fait que malgré ses 31 ans, il n'est pas autonome ni étudiant ni ne conduit pas, n'a aucune notion du danger. Il a aussi des dimensions autistiques. Il est aujourd'hui dans un foyer occupationnel, encadré par des éducateurs spécialisés et rentre tous les 15 jours à la maison.

Tu peux te douter des relations de mon père avec notre fils ?

Tu pourras comprendre que d'avoir un enfant déjà cela demande de l'investissement en tant que parent, mais avoir un enfant avec une différence n'est pas simple tous les jours. Nous avons vécu en région parisienne jusqu'au 15 août 2000.

Souviens-toi, le médium m'a dit que j'allais aller dans le Sud, et moi le Sud c'était Aix-en-Provence, comme s'il n'y avait que cette ville…

Par ma société, je pouvais demander une mutation n'importe où.

Mon époux, me connaissant, je vis les fenêtres ouvertes, m'ouvre les yeux en m'expliquant que dans le Sud, il fait très chaud, et les personnes se cachent de la chaleur et ferment les volets.

Je me souviens qu'à ce moment-là, mes illusions se sont cassé la figure, nous n'irons pas à Aix-en-Provence, mais je dois avouer, il avait raison. D'autant que la société dans laquelle il travaillait ouvrait une antenne à Nantes.

Alors OK, je demande ma mutation à Nantes, mais il fallait aussi trouver une structure pour notre fils. Là c'est une autre chanson !

Malgré tout, pour inscrire notre fils dans un institut, il fallait que je sois certaine que ma mutation soit acceptée, et pour trouver une place dans un institut, ce n'est pas comme une inscription dans une école, déjà les centres ne sont pas nombreux, les places sont chères, la liste d'attente est longue, mais surtout qu'en n'étant pas dans le département, nous n'étions pas prioritaires. Et il nous fallait aussi une maison.

J'ai donc préparé des dossiers « blindés » pour notre fils et envoyé x dossiers à tous les instituts du département 44. Mon chef de l'époque avait été super cool, car il me permettait d'appeler, durant mes heures de travail (merci, E.G), les directeurs d'instituts afin de leur demander s'ils avaient pris le temps d'étudier le dossier de notre fils.

Combien de fois ai-je entendu : « Nous n'avons pas de place ! » ?

Jusqu'au jour où un directeur me dit : « Il se peut qu'il y ait une place pour votre fils ». Et bien je peux te garantir que ce dernier, je ne l'ai pas lâché ! Tous les jours je l'appelais pour qu'il me dise : « OUI ».

Oui, mais encore faut-il que notre fils corresponde vraiment. Entre un dossier écrit sur le comportement de notre fils et voir l'enfant en vrai, il fallait qu'il fasse un essai dans l'institut afin de voir s'il correspondait à la population accueillie.

Ma mère s'était proposé de visiter le coin pour nous trouver une location. (Merci, Moune.)

Elle trouve une maison, j'appelle l'office notarial, un rendez-vous est fixé le lendemain pour que nous la visitions.

Notre fils n'est pas encore pris dans l'institut, mais nous sommes obligés d'agir ainsi, car imagine, il est pris à l'institut, mais nous n'avons pas de domicile, un peu embêtant non ?

D'autant qu'en 2000, la SNCF proposait à ses employés de venir sur la région nantaise, et toutes les locations étaient prises d'assaut.

Et de toutes les façons, nous ne partions sur la région que si notre fils avait une place aussi !

Nous visitons la maison, elle nous correspond, nous la réservons.

Quelques semaines plus tard, soit le 1er juillet 2000, 1er jour de travail, ma mutation était faite. Le lendemain, essai d'une demi-journée pour notre fils.

Pour la petite histoire, en quittant la gare de Nantes, j'ai trouvé tout de suite le siège de ma société, et le soir l'hôtel que j'avais réservé. ☺

En fait je me sentais comme portée par une main géante, j'étais guidée, j'en suis certaine.

Je vais chercher mon époux et mon fils le soir à la gare, **sans me perdre** !

Le lendemain, rendez-vous à l'institut, nous savions que cela n'allait pas être facile pour notre fils, et ça ne l'a pas été. J'ai demandé aux éducatrices de l'institut de la région parisienne de plaider en sa faveur.

Une demi-journée, tu imagines ? Ha non peut-être que tu ne peux pas comprendre. Bon, un enfant qui change d'école est quelque peu perturbé au départ, je parle de petits enfants. Eh bien le changement pour notre fils est source d'angoisse, plus plus.

Nous profitons d'être dans la région pour revoir les propriétaires.

Le 13 juillet 2000, rendez-vous pour signer l'état des lieux de la maison le matin, et l'après-midi, nous n'avions pas la réponse pour notre fils, nous ne savions toujours pas si c'était OK ou pas.

14 h 00, nous appelons, nous étions anxieux, le directeur tournait en rond, hum pas bon signe, et au bout de 5 minutes, verdict ! Il est accepté, en écrivant ces lignes, je me demande si ma mamie n'était pas derrière ce directeur à lui dire : « Dis-lui oui, dis-lui oui », car vraiment il tournait autour du pot.

Imagine dans quel état nous étions avec mon époux, ça y est, la vie parisienne, tchao, bye bye !

La chanson de France Gall « Viens je t'emmène », j'ai tellement fermé les yeux, tellement rêvé que j'y suis arrivée, c'est carrément cela.

Quand tu veux quelque chose, que tu fais tout pour, tu es accompagné. J'en suis intimement persuadée !

Le 16 août 2000, nous emménageons dans notre joli village !

La vraie vie va commencer !

III
L'initiée et ses expériences paranormales

Je me souviens petite, j'avais demandé à tomber malade pour ne pas aller à l'école, je me suis retrouvée avec une varicelle carabinée, je me suis dit whaow ! ça marche, c'est magique.

Ou, si ça se trouve, il y avait une épidémie à l'école, je n'en ai aucun souvenir. Et je l'ai attrapée. Malgré tout, j'avais des boutons partout, partout ! Ha quand même !

Une autre fois ma mamie « Marcelle » m'avait fait faire une prière à Marie pour bien dormir, car je dormais dans le grenier, aménagé certes, mais j'avais peur. J'ai dormi comme un vrai bébé, encore étonnée c'était encore magique… je m'en souviens encore, tellement ça m'avait marqué !

Justement, ce jeune Alain cité plus haut est parti, nous avions 15 ans, atteint d'une tumeur au cerveau. J'étais complètement bouleversée, nous revenions d'un voyage en Espagne avec la 3e. Alors je lui ai parlé, lui ai dit que j'étais désolée de ce qui lui arrivait. Et là, je le vois devant moi, comme tu peux voir une personne, en plus « hologramme » mais il était souriant, je ne pouvais pas le toucher. Je me suis dit à ce moment : « Ma pauvre, tu perds la boule, tu viens de le voir en photo et maintenant tu le vois en vrai, ton esprit te joue des tours. »

C'était vers mes 17 ans, j'étais en 1re G1, secrétariat, ce jour-là, un jeudi, pause « pipi et cigarette » d'un seul coup, je vois devant moi un titre : « Les transports ferroviaires et la 1re phrase » et j'entends : « Interrogation écrite en sténo ».

Je sors des toilettes, un peu abasourdie, et je demande à ma copine de l'époque.

« Comment ça s'écrit ferroviaire ? »

ELLE : Ben, comme ça, F.E.R.R.O.V.I.A.I.R.E. Pourquoi ?

MOI : Je viens d'avoir une vision d'un titre, les transports ferroviaires et la 1re phrase, et j'ai entendu qu'on allait avoir une interro en sténo.

ELLE : Ben non, elle ne fait jamais d'interro le jeudi, tu le sais !

La pause se termine, nous montons en cours, et la prof nous demande de sortir nos blocs pour… Devine ? Eh oui, interrogation, et elle annonce le titre. Devine ? Eh oui c'était ma vision.

J'ai hurlé, complètement paniquée, je deviens folle !

La prof m'a fait sortir, car elle a eu peur aussi.

Quelques semaines avant, mon grand-oncle était décédé, est-ce lui qui me l'a dit ? Je ne sais pas.

Lorsque j'étais enceinte, en 1990, une nuit, je parlais avec ma mamie et le papy de mon époux, que je n'ai jamais connu, avec une condition de ne pas les voir, je leur avais dit : « Tournez-moi le dos ». Oui, j'avais très peur, quelque part c'est comme voir un fantôme.

J'étais dans un état de sérénité super total, étais-je en train de rêver ? Je me souviens leur avoir demandé : « Faites que mon mari enlève son pull, il va avoir trop chaud ». D'un seul coup, il allume et dit : « Il fait trop chaud » et il enlève son pull et là j'ai eu super peur, car non je ne rêvais pas, j'étais en train de parler avec des défunts.

Je ressentais facilement la grossesse de mes collègues alors qu'elles-mêmes ne le savaient pas, mais c'est tout. Il est évident qu'avec ce peu d'expérience, on ne peut pas se prétendre médium.

D'où le fait que ce médium me dise : « Tu es une initiée mais pas prête ».

Je ressentais des présences autour de moi, bon j'avoue, j'avais les pétoches, tu vois à force de regarder des films qui font peur. J'avais peur des fantômes, en fait un film m'a fait vraiment très peur, « Rose Mary Baby » et j'ai surtout peur que l'on me fasse mal. Je faisais style, mais au fond de moi, une peur bleue pas possible. Une fois j'étais couchée, et là comme des petites étincelles, comme une légère brume, et je sentais au-dessus de moi des présences, était-ce mon imagination ?

Alors je leur dis : « Bon je vais chercher mon homme et vous m'attendez » je voulais que mon époux voie ce que je voyais et ressentais. Tu parles, il accepte pour me faire plaisir : « OUI, ma puce, bien sûr tu vois des présences » (style on va te mettre une camisole de force, si tu continues), tout le monde était parti.

En fait j'allais le chercher, car j'avais aussi très peur.

Le 31 mars 1998, ma chatte « Brioche » n'est pas rentrée, nous habitions en rez-de-jardin, un mauvais pressentiment m'arrive, je me souviens du regard qu'elle m'a lancé avant de sortir. « Était-ce un au revoir » ? Je me souviens aussi que le week-end d'avant, nous étions à la maison de campagne, de ma belle-maman, et je la voyais partout alors qu'elle était restée à la maison. J'avais alors dit à ma belle-mère : « Je n'aime pas ça, je vois mon chat partout ».

Quoi qu'il en soit, j'étais très inquiète, mais je me couche, et d'un seul coup j'entends ronronner sur mon côté : « Ah ben, si elle est rentrée » ! Non, personne.

J'éteins la lumière à nouveau et là je ressens un poids sur moi comme lorsqu'elle se couchait sur moi, j'allume, et non, il était 23 h 00 et je suis certaine qu'à ce moment elle est partie !

Mon époux s'était levé plus tôt pour aller voir, et hélas l'a trouvé sur le sol, sans doute renversée par un véhicule.

Le lendemain, le 1er avril, je reçois un courrier de Philippe Ragueneau, époux de Catherine Langlade, qui me remerciait de ma lettre et m'écrit : « Vous aimez les chats… »

À cette époque, je lisais beaucoup les livres de Philippe Ragueneau et ses expériences avec son épouse décédée, c'était magique. Et je m'imaginais lors de ces lectures être en contact aussi avec les défunts.

Je l'ai pris comme un signe de ma « Brioche », elle était bien, et c'est aussi ce que l'on appelle des synchronicités[2]. C'est ma vérité.

Nous étions arrivés dans notre joli village, et nous avions sympathisé avec nos voisins.

Quelques mois passent, nous invitons les propriétaires et une voisine Marianne. Durant la soirée, je capte une présence masculine et j'entends : « Dites-lui qu'elle arrête de pleurer lorsqu'elle pense à moi ». Je savais pour qui était le message.

C'était son époux décédé quelques années auparavant.

Au même instant, je capte des crampes sur les mains de la propriétaire, mais sans gravité.

OK je fais quoi de cela ? Il est toujours délicat de dire aux personnes : « J'ai entendu ou ressenti cela pour toi » d'autant que nous ne savons pas si les personnes sont réceptives.

Je décide malgré tout le lendemain d'aller voir Marianne, afin de lui dire ce que son défunt mari m'avait dit.

Avant je demande : « Tu crois en la vie après la vie ? À l'au-delà ? »

Elle y croyait, et bien grâce à ce message qui lui a plu et qu'elle comprenait, quelques semaines après elle a accepté d'ouvrir son cœur et de laisser entrer un homme dans sa vie.

Quant à la propriétaire, oui sa famille avait des soucis de polyarthrite invalidante, et le fait que l'on me dise « sans gravité » était pour la rassurer, car sa maman en était partie et sa sœur bien atteinte.

---

[2] Synchronicité est une coïncidence qui prend un sens et provoque une émotion.

Cette fameuse voisine, Marianne, à qui j'avais donné le message de son époux, nous a quittés d'un cancer. Sa fille m'avait demandé si je pouvais l'aider pour des papiers relatifs à l'assurance vie. Je l'appelle quelques jours après la sépulture et lui demande de me rappeler, ce qu'elle ne fait pas.

Un matin j'arrive au travail. À ce moment, je dispensais des formations auprès de collaboratrices d'agence, je vois un papier sur mon bureau. Je le retourne et là, un certificat de décès au nom de cette Marianne. Grand choc ! Comment ce papier est arrivé sur mon bureau ?

Alors là, oui j'ai compris. Marianne insistait pour que je puisse aider sa fille.

Ha ! ils sont très forts là-haut, quand ils veulent que l'on fasse quelque chose, ils font tout pour nous faire comprendre, ou nous mettent sur le bon chemin.

Je rappelle donc sa fille qui ne me rappelle toujours pas.

Quelques jours plus tard, un matin, je promène, mon filleul, m'arrête pour papoter avec une voisine (oui je suis pipelette 😊).

Au-dessus il y a la maison de Marianne, et d'un seul coup j'entends que l'on m'appelle, c'était sa fille, qui la veille avait eu envie de venir dormir dans la maison de sa maman, et voilà ! J'ai pu aider sa fille.

En fait, je suis certaine que Marianne lui avait insufflé de venir dormir ici, la veille, car elle savait que j'allais promener mon filleul et elle a fait sortir cette autre voisine pour que nous papotions le temps que sa fille sorte de la maison.

J'en suis certaine. Encore une « synchronicité ».

Lors d'un changement de service, je fais connaissance de nouveaux collègues. Et un couple en particulier avec qui je tisse un lien très fort.

Mes capacités me permettent d'être en contact avec un jeune homme qui se trouve être le fils de ce couple. Il est parti en 1996 à l'âge de 16 ans dans un accident de voiture.

Une nouvelle amitié s'installe, entre Guillaume, leur fils, et moi, il me parle et je donne les messages à sa maman, qui y croit, car elle le ressentait à la maison. Je pense sincèrement qu'il a été mon guide spirituel[3] durant quelque temps. En fait le temps de me préparer vraiment à devenir « Canal Médiumnique ».

Une nuit Guillaume me dit : « Dis à mon père qu'il ne s'inquiète pas, il verra sa petite fille et il verra aussi son petit-fils ».

Le lendemain j'arrive au boulot, et je demande à les voir tous les 2 ayant un message de leur fils.

Ils sont restés sur les fesses. En fait, mon collègue avait peur de mourir sans même rencontrer ses petits-enfants (je ne le savais pas), et Guillaume de rajouter : « Vous apprendrez très vite que votre belle fille est déjà enceinte ».

Le soir même leur belle fille venait leur annoncer qu'ils allaient être grands parents, et 9 mois plus tard une petite fille est née. Et quelques années plus tard un petit garçon est né et mon collègue a eu le temps de les connaître.

J'avais de temps en temps des messages de Guillaume, malgré tout, j'avais toujours un doute, est-ce ma tête qui ne va pas ? Même si au fond de moi je savais que je n'étais pas folle.

Comment pouvais-je être certaine que toutes ces expériences étaient censées ? Avais-je vraiment des capacités, ou devais-je lire dans la tête des personnes ?

---

[3] Guide spirituel est une âme qui nous aide dans notre évolution spirituelle. C'est leur mission. Nous pouvons avoir plusieurs guides spirituels aussi.

Ma plus belle expérience, « quand l'au-delà te prévient d'un départ ! »

Le 11/11/2015, l'après-midi j'étais allée voir mon ami (Patrice le papa de Guillaume), malade à l'hôpital, il avait demandé que je vienne lui dispenser un soin. Très étonnée, car il était plutôt cartésien, il souffrait beaucoup et son épouse m'a prévenu qu'il était dans le coma, les sédatifs à fortes doses l'aidaient.

J'arrive, et là il se réveille m'appelle et se rendort, je te passe toute l'émotion de voir mon ami dans cet état.

Je lui dispense le soin, il respire un peu mieux et surtout je lui dis de lâcher-prise, qu'il peut partir tranquille, qu'il est temps.

Je passe un moment avec son épouse, et repars chez moi.

Vers 20 h 40, j'étends mon linge dans la buanderie, donc pas du tout connectée, et là j'entends : « Je viens chercher papa » je savais qui me parlait, « Guillaume mon guide ».

« Ha bon, c'est le moment ? »

« Oui. »

Je vois un monsieur descendre, un grand monsieur en costume noir, et je demande qui il est ? C'est le grand-père maternel de Guillaume.

Guillaume demande à son père de le suivre et il ne veut pas, il ne sait pas si son épouse est prête à le laisser, alors de mon côté je dis à Guillaume de lui dire « si elle est prête » et je vois descendre une boule de lumière, c'est la grand-mère maternelle de Guillaume, qui vient les aider. J'assiste à un spectacle magnifique. Très émouvant et un peu marrant aussi, car je vois que le père et le fils se chamaillent un peu, et je dis : « A peine retrouvés qu'ils se chamaillent ». 😊

Bien évidemment j'avertis mon amie Nelly (l'épouse de Patrice mon ami et père de Guillaume) qui revenait de l'hôpital. Elle s'installe dans la salle à manger, le manteau sur le dos, et nous échangeons les textos.

Durant quelques minutes pas de texto, et là :

« L'hôpital vient de m'appeler, minou s'est éteint ». Elle était prévenue juste avant de son départ donc pas surprise de l'appel, mais bluffée tout comme moi de la véracité de mon message.

Et moi whaow ben si, j'ai vraiment des capacités médiumniques.

Merci Guillaume pour cela… tu m'as été d'une très grande aide et merci d'avoir partagé avec moi cette expérience.

Et ça a été mon dernier contact avec Guillaume, mon guide spirituel du moment et le guide familier de mon ami, je vous souhaite la paix, et je vous envoie de gros bisous…

IV
L'initiée est en apprentissage !

Lorsque la médium m'a annoncé que j'étais initiée, mais pas prête, avec du recul, je me dis : « Heureusement qu'à ce moment-là, je n'y étais pas ».

Oui, j'entendais déjà, et je voulais parler avec les défunts lors de mes diverses lectures, je n'avais qu'une hâte et d'y arriver. Mais au fond pourquoi ? Un peu pour aider les personnes, mais je crois, au fond de moi et en toute sincérité, je voulais être **« plus »** que les autres. Oui je l'avoue, avec du recul et les années passées, je voulais avoir le truc de plus que des personnes n'ont pas. Un grand besoin de reconnaissance que je n'ai pas eu avec mon père, je pense.

En fait, aujourd'hui, je me dis que le fait de ne pas être prête était à cause de cela, mon humilité, que dis-je, mon manque d'humilité, et un ego surdimensionné.

Il faut dire qu'à l'époque j'étais responsable de groupe et je formais des personnes et avoir une certaine popularité me plaisait bien, je me sentais « importante ». Kiki par-ci, Kiki par-là, j'étais reconnue, bon j'étais aussi compétente dans ce que je faisais, en toute humilité 😊, mais aussi, je n'acceptais pas la différence de mon fils, pour moi, à l'époque, j'insiste en écrivant cela, était un super échec « qu'avais-je fait de mal pour avoir une telle punition, », car je le ressentais vraiment pour une punition, d'autant qu'en plus, l'anomalie chromosomique venait de mes chromosomes et ceux de ma mère. Imagine la culpabilité. Donc, au travail, j'étais « importante », et j'oubliais mon quotidien.

Et fort heureusement que les plans du dessus ne m'ont pas permis d'avoir de telles capacités si tôt.

C'est comme permettre un volant entre les mains d'un enfant de 5ans, il va provoquer un accident. Tout comme moi, sans protection, et faire confiance, j'aurais pu laisser passer n'importe quelles présences, j'aurais pu dire tout ce que j'entendais, sans y mettre les formes, ou me laisser m'incorporer par une mauvaise entité, et devenir folle, ou meurtrière, que sais-je encore ?

Ou ce manque d'humilité, me faire prendre le super melon et ne pas respecter l'intimité des autres ?

Merci à vous, mes guides !

À la suite d'un faux mouvement, je me suis retrouvée alitée, « lumbago », en fait c'était une hernie discale, j'ai donc subi plusieurs opérations, qui certaines ont fonctionné, mais la douleur était toujours présente, et lancinante.

La médecine du travail m'ordonne de me mettre en invalidité, au risque de me retrouver en fauteuil roulant. Je devais passer des moments allongés pour calmer les douleurs.

Mais moi je dois voir du monde, je suis une sociale, si je me retrouve en invalidité que vais-je faire ?

Une nuit j'entends : « Tu vas t'occuper des aînés ». J'étais déjà conseillère municipale de mon village à la Commission communale d'aide Sociale dont les aînés, plus d'autres commissions.

En fait la première personne a été ma belle maman qui a eu des soucis de santé, puis en effet je me suis occupée des aînés.

J'ai donc établi mon dossier d'invalidité, malgré tout j'étais un peu perdue.

Je vais dans une boutique ésotérique de Nantes pour m'acheter un oracle **« Le Beline »** avec le livre bien entendu, car je ne maîtrisais pas du tout. Et là je vois qu'un médium est justement présent et que l'on peut prendre rendez-vous.

Je m'installe et de suite il me dit : « Qu'attends-tu pour te lancer ? »

MOI : Me lancer à quoi ?

LUI : Tu es médium !

MOI : Ha non je ne suis pas médium, je viens vous voir justement je suis perdue, je me retrouve en invalidité, mais vais-je bien le vivre ?

LUI : Eh bien, lance-toi. Tu vas commencer avec le livre et les cartes et très vite, tu vas arrêter les cartes, car tu vas recevoir les messages d'en haut.

Je n'avais pas d'oracle ni de livre entre les mains. !

Il me rassure quant à mon dossier d'invalidité.

Je sors de ce rendez-vous « sur les fesses », tu t'en doutes bien, car je n'étais pas venue pour cela.

Je m'étais inscrite le même jour avec une personne qui grâce à un appareil photo appelé « Kerlian » du nom de son inventeur, nous permettait d'avoir une photo de son aura. J'avais lu cela dans un livre. J'ai oublié le titre d'ailleurs.

L'aura est le contour coloré comme un halo de lumière tout autour, d'un être vivant, en fait c'est une manifestation de différents champs magnétiques.

Cette personne se connectait à nous et recevait des messages.

Là idem, elle me dit qu'il faut que je me lance en tant que médium, elle avait eu message de l'archange Mickaël, disant que j'étais une bonne élève, très assidue, et qu'il fallait que je continue, et que je devais faire confiance.

Sur la photo, on voyait très bien ma protection, couleur « or » et du rose, signifiant mon ouverture à la médiumnité. Dixit cette personne.

Si tu as l'occasion de prendre ces photos, c'est impressionnant.

Malgré tout, il me fallait encore une preuve, ça, c'est mon côté 7 en numérologie, on cherche à comprendre ! ☺

Je voulais en savoir plus, je prends rendez-vous avec une autre personne, une cartomancienne[4].

Et là, RE, elle retourne les cartes des saisons, et vois par ces dernières mon avancée rapide à la médiumnité. Les saisons expliquant que ça allait aller très vite, et elle me dit :

ELLE : La prochaine fois, ce sera toi qui me tireras les cartes.

J'en parle plus loin dans le livre.

Quelques jours plus tard, ma première visite visuelle et lumineuse.

Une nuit, je ne dormais pas, j'en suis certaine.

J'entends : « On ne se connaît pas, je m'appelle Patrick, et je voudrais te présenter. »

Et là une lumière intense, mais je peux la regarder sans avoir mal aux yeux, et je vois du plafond une forme descendre, je n'ai même pas peur, cette forme arrive à ma hauteur, il est humain, un beau visage, tout en lumière, il me sourit et j'entends dans ma tête « Je suis Uriel ».

Quelques secondes après, une deuxième lumière descend du plafond aussi, et là c'est une forme humaine mais féminine, elle me sourit et j'entends : « Je suis Haniel ».

---

[4] Une cartomancienne est une personne qui travaille essentiellement avec les cartes et qui peut grâce à ces dernières, voir des étapes dans notre vie, voir des personnes importantes dans notre entourage, en fait on les appelle aussi des voyantes, à l'époque ancienne, elles étaient appelées « diseuses de bonne aventure ».

Et hop ils disparaissent aussitôt.

Je suis estomaquée, qu'est-ce que c'est ? C'est qui ?

Alors je me lève et de suite, je vais regarder sur l'ordinateur « Qui est Uriel ? », et là je vois sur google :

Uriel est reconnu par l'Église anglicane comme le quatrième archange. Uriel signifie « La lumière, la flamme de Dieu ».

Haniel également connu sous le nom de Anaël est un des sept archanges et il est en lien avec le vendredi, la planète Vénus.

Je ne suis pas du tout croyante en un Dieu, je crois en une source, une lumière.

Pour la petite histoire, je suis du signe de la balance, et la planète qui régit le signe de la balance est Vénus. 😊

Imagine sur quel nuage je me trouve ? J'étais comme une petite fille qui venait de voir le père Noël, et d'ailleurs en écrivant ces lignes, j'en suis encore toute retournée. Je ne sais pas pourquoi ils sont venus me voir, je l'apprendrais plus tard sans doute, ou je suis solaire et amour ? C'est purement gratuit ce que j'écris.

Alors, je connaissais un peu les anges, comme quoi ils nous protégeaient et on m'avait parlé de l'Archange Mickaël (lors de ma photo d'AURA), mais je n'avais jamais cherché plus de détail.

Alors il est évident que je me suis aussi intéressée un peu plus aux archanges, leur travail… J'ai acheté des livres aussi, et c'est là que j'ai connu Doreen Virtue, qui avait beaucoup écrit, et Kyle Gray.

OK là-haut vous me dites que je suis médium, que je dois me lancer, mais je fais quoi de toutes ces informations, comment je fais ? Je souris en écrivant ces lignes !

Quelques jours plus tard, je reçois un appel d'une personne que je connais et qui me demande une consultation. Elle savait que j'avais des prédispositions, nous en parlions souvent.

Ils m'ont entendu et m'ont répondu !

Et je dis OUI, avec un sacré nœud à l'estomac, quelque chose de bien, car je ne veux pas passer pour une quiche, mais surtout que je n'ai jamais fait cela en VRAI !

Alors j'apprends les cartes, je lis le livre, les astuces…

Le rendez-vous arrive et j'y vais et là, elle est super contente, ravie de ce que je dis. Elle me donne confiance…

Et me voilà avec ma première consultation toute contente. Elle parle de moi, un autre rendez-vous est pris.

Lors de ce dernier, et de ce que je me souviens, je vois des escaliers en colimaçon, une ville, un porche, en fait c'était le lieu où la jeune fille avait rendez-vous pour un travail.

Lors du rendez-vous elle me dit : « J'ai perdu ma carte grise ». Et là, on me montre du rouge, la couleur rouge et on me précise « chemise » non pas le vêtement mais le dossier.

Tu devines ? Elle a retrouvé en effet sa carte grise dans une chemise rouge.

Son oncle était venu aussi, et je voyais du bois, du bois partout, il a acheté une vieille grange et est en train de tout refaire en bois… C'est lui dernièrement qui me l'a fait remarquer. Ce ne sont que des exemples de connexions qui me reviennent.

Malgré toutes ces « preuves », je ne me sentais pas légitime de me dire : « Je suis médium ».

Je manquais encore de CONFIANCE, oui cette confiance qui nous joue des tours, et qui s'immisce dans ton quotidien, doucement, avec ce serpent de mental qui vous dit : « Tu n'es pas capable, tu n'es pas, tu racontes n'importe quoi, tu as eu du bol. »

Alors je me suis mise à lire encore plus de livres, de grands médiums, et je me suis dit : « Il me faut un mentor, un professeur » une formation, je n'y connais rien moi » hélas sans trouver d'adresse qui pourrait me permettre d'apprendre.

J'étais sur Facebook, et je suis allée m'inscrire sur des groupes relatifs à la spiritualité, l'éveil. Je me suis dit « je vais apprendre » et je voulais aussi apporter mes expériences, les partager.

Lors de mes lectures, je comprends que **tout est en nous**, et que les médiums se font confiance, ou que le destin les met à la rencontre de bonnes personnes.

Tout ce que je comprends aussi est que tout ce travail, il faut s'entraîner encore et encore, et enfin que les médiums sont dans l'accueil. En fait je donne souvent l'exemple d'un bébé, qui au début est allongé, ensuite il se met sur le ventre, se met à 4 pattes, se tient à quelque chose pour tenir debout en équilibre sur ses deux jambes, et se lance sans se tenir. Cet enfant ne marche pas du jour au lendemain. Eh bien, la médiumnité, ou devenir médium c'est identique. Il y a les expériences, l'apprentissage, les rencontres, et enfin le lâcher-prise.

Tout ne vient pas du jour au lendemain. Il faut apprivoiser notre équilibre spirituel.

Je vais dans un magasin dans lequel, je peux acheter de l'encens, et des petits objets comme un support pour encens, des livres aussi… Des pierres qui ont des attributs. La personne qui tenait ce magasin tirait les cartes, et je vois qu'elle propose des stages avec des médiums, ou magnétiseurs, et aussi des séances médiumniques.

Je m'inscris donc et lors d'une séance de médiumnité en groupe, nous devions apporter une photo de défunt, le médium m'apprend que je suis passeuse d'âmes[5], mais surtout celles du bas astral.

La panique totale. Tu es comme moi peut-être, lorsque j'étais plus jeune et même encore maintenant, j'adore les films qui font flipper style l'exorciste. Et puis j'avais lu des livres sur le bas astral, comment les médiums s'en prenaient plein la figure, dormaient mal, voire étaient attaqués, alors imagine la panique venir en moi.

1re formation « Passeur d'âmes »

Quelques jours plus tard, je suis une formation avec lui, sur le passage d'âmes.

La veille de la formation, quelle surprise, mon grand-père « Lucien », décédé depuis au moins trente ans, entre en communication avec moi.

Et j'entends : « Ha ben, ce n'est pas trop tôt, j'attendais ce moment avec impatience, c'est toi qui me feras monter ».

MOI : Whaow Papy, quoi tu n'es pas encore monté ? (Dans la lumière.)

En effet, je ne m'étais jamais posé la question si mon grand-père était dans la lumière ou pas. Je n'étais pas très proche de mon grand-père.

Le matin de la formation, nous apprenons la théorie, le « formateur » nous donne les explications pour passer des âmes, et nous entamons aussi le sujet sur les énergies. Normal, comme toutes formations, tu fais d'abord la théorie avant la pratique.

---

5 Passeur d'Âmes : Certaines Âmes ont besoin d'une aide pour aller dans la lumière, et c'est là que le médium peut les aider, leur envoyer de l'amour, être bienveillant, les rassurer sur ce qu'elles peuvent trouver de l'autre côté.

Mon grand-père pignait d'impatience.

LUI : Alors quand fais-tu ton exercice ?

MOI : Ben attend Papy, tu vois bien que nous en sommes à la théorie, sois patient, tout à l'heure.

Au moment de le faire monter « Personne » c'était bien la peine.

Le soir, j'appelle mon grand-père :

MOI : Papy, si tu es dans le coin, je suis prête.

Et le voici. Mon cher papy voulait sans doute avoir le privilège que ce ne soit que moi qui le fasse monter, où il était appelé ailleurs.

2e formation

J'étais allée à Angers, rencontrer une personne qui organisait un atelier d'une journée et proposait des formations de 4 jours.

C'est une personne très connue, j'étais tout excitée, j'avais lu beaucoup d'avis négatifs sur cette personne, mais lorsque j'écoutais et regardais ses vidéos, je me disais « pfff n'importe quoi il est trop top ».

C'était mon cadeau d'anniversaire, octobre 2017.

J'arrive là-bas, super contente, l'après-midi, nous nous retrouvons tous dans une grande salle. Il nous est demandé de nous « connecter pour un exercice ».

Et là RIEN. NADA, mince, que m'arrive-t-il ?

Le lendemain matin, idem. L'après-midi, exercice entre collègues et là, ha ouf ma connexion se remet en marche, soulagée. Je fais une mini consultation aux 5 personnes présentes. Elles sont toutes bluffées, moi aussi d'ailleurs en passant.

Le soir, je vais me coucher, rassurée.

Le lendemain matin, « le formateur » nous avait proposé d'entrer en contact avec notre guide.

En fait ce qu'il faut savoir, est que si ton guide a un message pour toi, il te le donnera directement, par voies différentes.

En gros c'est comme si ta mère voulait te dire un truc et qu'elle passait par ton père ou autre personne, ben non elle te le dit ! Enfin ! Oui je suis directe, il est vrai que ça m'agace un peu lorsque je lis des choses du style : « Contactez-moi, je pourrais communiquer avec votre guide, et je vous dirais ce qu'il a à vous dire ! » Ben non, c'est ton guide, il n'a pas besoin d'intermédiaire ! Encore une fois c'est ma vérité, OK ?

Le midi à table, c'est la fin du déjeuner et Chantal, une des participantes, me demande ce que je fais. En fait son fils était dans mon groupe, il avait raconté ce qu'il s'était passé la veille. Chantal se met à pleurer.

Nous sortons de la salle à manger et elle me raconte que son guide avait dit qu'elle n'était pas dans la lumière ni dans le don de soi. Pour info, elle est infirmière…

Je lui explique qu'elle a dû mal comprendre, les guides ne critiquent pas, ils conseillent. Elle était toute retournée la pauvre.

Je lui ai conseillé d'aller revoir, le formateur, afin qu'il la rassure de sa mauvaise compréhension.

Nous étions dehors et je ressens sur elle, une présence, non pas à ses côtés mais sur elle. Pas bon, car ces âmes pompent notre énergie, comme si tu avais une tique, ou une sangsue, tu vois. Et j'entends « Denise », je lui demande qui est Denise, c'était sa mère. Je lui demande si elle manque d'énergie, ou dort mal. Eh oui, en effet, depuis le décès de sa maman, elle l'était.

Me voilà à parlementer avec cette âme, tout en douceur, lui expliquer qu'elle doit monter vers la lumière, qu'elle sera beaucoup mieux, ainsi que sa fille.

Après quelques minutes, elle accepte, et je la fais monter dans la lumière, là ce n'était pas avec le bus, mais une magnifique colonne de lumière…

Arrive le temps de la reprise des « cours » je mets bien entre guillemets, car ce sont plus des exercices et des informations.

Je vois Chantal parler avec le « Formateur » et là j'entends dans ma tête : « Toi tu vas te faire remonter les bretelles ».

Nous nous installons, et le professeur de dire : « Kris, on pourra se voir avant le dîner ? »

MOI : Bien sûr.

Durant l'après-midi, alors que jusqu'à présent lorsqu'il balayait la salle du regard, j'avais droit à un regard, là RIEN, comme si j'étais invisible.

En écrivant ces lignes, j'en souris encore, c'est fou, comme l'ego peut changer les Hommes.

Le dîner arrive, et en effet, il tient à me parler :

LUI : J'ai appris que tu avais fait monter la mère de Chantal dans la lumière, dit-il sur un ton assez agacé.

MOI : Oui en effet.

LUI : Es-tu certaine qu'elle soit bien allée dans la lumière ?

MOI : Oui pourquoi ? Parce que toi lorsque tu fais monter une âme dans la lumière tu n'es pas certain ? Mais si tu veux me prodiguer des conseils, je suis tout ouïe, je suis là pour apprendre.

LUI : Je ne prodigue pas de conseils.

J'ai juste eu envie de lui dire : « Eh bien, ferme ta bouche », mais je respecte le formateur.

Quoiqu'il en soit, je marchais sur ses platebandes et en aucun cas un élève ne doit faire plus que le professeur.

En tout cas, compte tenu de sa réaction, je l'ai pris de la sorte.

LUI : Ce n'est pas une critique, ne le prends pas mal.

Alors, pourquoi me poser la question ?

Le lendemain matin, une dernière matinée, consacrée à l'apprentissage des soins.

Après le repas du midi, nous repartions chez nous.

Autant te dire que ce stage m'a énormément déçu, d'une part, je n'arrivais pas à me connecter, d'autre part, je n'ai pas appris grand-chose. Toutefois j'y ai fait de merveilleuses rencontres, que je côtoie encore ce jour.

Je devais refaire une autre session, pour « initiés » autant te dire que je n'y serais pas allée, mais l'Univers s'en est chargé, comme je m'étais inscrite en arrivant pour la session d'après, cette semaine-là a été annulée…

Avant mon départ, mon époux me dit : « Surtout, garde les pieds sur terre ». Il est vrai que lors de ces stages, comme nous sommes entre personnes spirituelles, nous pouvons avoir tendance à rester connectées, voire être perchées.

Pour information, mon époux est cartésien, malgré tout, il reste ouvert, il a simplement un peu peur que je reste trop dans les étoiles. Il est mon pilier, mon ancrage et je l'aime pour ça.

Arrivées à Nantes je dépose ma collègue, me retrouve seule dans la voiture et là je ressens comme une superbe ouverture. Imagine un dôme qui s'ouvre au-dessus de toi et j'entends :

« Alors tu as compris que tu n'as pas besoin de ces formations ! »

Eh bien, j'avais la réponse à mon questionnement : « Pourquoi je ne recevais aucune connexion ? » C'était une protection par rapport à ce monsieur et peut être les autres élèves ?

3e formation

En novembre 2017, un stage, à Nantes, d'un week-end, avec une super médium et un magnétiseur, guérisseur.

Et là ça a été génial, beaucoup d'exercices, et j'ai connu le nom de mon nouveau guide, ce dernier était arrivé juste après la fin de la mission de Guillaume.

Lors de ces exercices, nous avons appris un protocole de protection[6], et comment se connecter correctement avec son guide, je t'en parlerais après.

Et nous nous sommes entraînés à nous connecter sur des photos de défunts.

Lors d'un ultime exercice, nous devions nous connecter sur une photo de défunt, nous avions été en petits groupes, mais là c'était tout le groupe, nous étions 22. Il est demandé à une personne de clôturer la session en effectuant cet exercice.

Une connaissance me fait signe.

ELLE : Vas-y.

MOI : Ben non, les pétoches et si je me plante ?

Devant 21 élèves et les 2 formateurs, là mon ego justement en aurait pris un coup. Malgré tout j'entends dans ma tête :« Aie confiance. »

Alors je me lance !

Je ne regarde pas la photo, mais ferme les yeux et me connecte dessus.

On me montre des boules alignées dans un champ, j'ouvre les yeux, une personne lève la main : « Oui il était cultivateur de melons ».

Je referme les yeux et là je vois un accident 2 roues.

---

[6] Protection : En fait avant de se connecter aux plans subtils, nous nous protégeons des éventuelles âmes coquines, voire méchantes, nous nous mettons une coque virtuelle autour de nous, comme un bouclier pour se protéger.

Mon mental s'installe sans crier gare « grrr », comme j'étais dans un champ je dis : « Il a eu un accident de tracteur » et là « F » dit :

« HA, toi tu as laissé ton mental, t'a-t-il parlé de tracteur ? »

MOI : Non, il m'a dit 2 roues.

En effet il avait eu un accident de moto.

Alors, un conseil à toi le lecteur, lorsque tu te connectes et reçois un message, dis ce que tu reçois uniquement, ne brode pas, ne cherche pas à comprendre, sinon tu te planteras comme je l'ai fait. En fait, c'est le plus difficile !

J'ai continué et tout le reste a été correct et surtout très émouvant.

F m'a confirmé qu'il fallait que je continue dans mes connexions, ce que de toutes les façons, je voulais. En fait, j'étais tellement bluffée et je le suis encore à chaque fois, que j'adore lorsque je fais les consultations.

À ce jour, je lis encore beaucoup, je regarde beaucoup d'émissions, tu l'auras compris, on apprend tous les jours.

V
L’initiée et ses conseils d’Âmie

Tu ressens que quelque chose en toi, est différent, tu es attiré (ée) par l’invisible, tu entends ou vois, ou ressens, déjà rassure-toi tu n’es pas fou ou folle, ou schizophrène, enfin je te le souhaite. 😊 Tu ne sais pas à qui en parler ? Ou depuis quelque temps, tu rencontres des personnes qui sont un peu comme toi comme par « hasard » et si tu es de l’autre côté de ces pages, encore une preuve, tu as été attiré(ée) ou un(e) ami(e) t’en a parlé. Non ? Alors, sache une chose, on ne devient pas médium, on est médium. On naît médium ! Si dans cette vie, tu dois développer ces capacités.

Et tu peux trouver des stages qui peuvent te remettre sur la voie, te redonner les ficelles que tu as oubliées.

Attention néanmoins aux formations avec un coût exorbitant. Je trouve cela vraiment dommage que certaines personnes surfent sur « la mode, ou l’ouverture des consciences ».

En revanche, tu peux lire, et t’entraîner ? Il y a sur YouTube, de superbes émissions, des vidéos aussi S. Boutboul a fait de superbes vidéos, Alexis Fournier sur la cartomancie si toutefois les oracles t’attirent.

Mais attention à ces formations qui deviennent des gouffres à fric !

Pareil, des personnes qui vont te dire : « Je peux entrer en contact avec ton guide ». J'en reviens à ça, franchement si ton guide veut te parler il le fera. Ou si tu ne l'entends pas, il t'enverra un signe, une chanson, une publicité, tu croiseras un camion avec une information dessus. Bon après tu as ton libre arbitre aussi !

Si des personnes te promettent de gagner au loto, ou de retrouver l'amour, ou de récupérer ta dulcinée ou ton amoureux, fuis tout de suite, c'est faux et archi faux ! C'est ce que l'on appelle des gourous.

L'argent ! ha le nerf de la guerre ! Nous en reparlerons plus tard !

Quelques informations

Qu'est-ce qu'un médium ?

En fait c'est un intermédiaire entre là-haut (l'au-delà) et les vivants. Les défunts passent par nous, pour transmettre des messages.

Nous pouvons entendre, voir, ou ressentir ou les 3 en même temps, et nous transmettons les messages aux personnes appelées aussi consultants. Pour ma part, j'entends, je vois, dans ma tête, comme si c'était ma pensée, et je donne les messages, les défunts me montrent aussi des images, et ils me font ressentir. Par exemple un défunt parti d'un accident, va me montrer le choc, ou un suicidé par la pendaison, va me faire ressentir l'étouffement, et me montrer la corde, ou un AVC, je vais avoir mal à la tête.

Qui peut être médium ?

En fait, nous sommes toutes et tous dotés de capacités, ce n'est pas que pour une élite.

Alors toi qui me lis, déjà si tu es là c'est que tu es attiré(e), c'est plutôt bon signe, ou curieux (se) ce qui n'est pas mal non plus.

Ces capacités peuvent se réveiller. Oui tu as bien lu « réveiller » dans ta vie d'aujourd'hui ou dans une vie future, elles peuvent venir sur le tard (40-50 ans) ou se réveiller très tôt.

Lorsque tu étais enfant, tu avais déjà ces capacités ou facultés comme tu veux, certains d'ailleurs parlent déjà aux défunts, il n'est pas rare d'entendre un enfant : « J'ai vu papi untel ou mamie unetelle » *sans l'avoir connu. Ma nièce qui n'avait jamais vu, ni connu son grand-père, l'a vu un jour en se promenant.*

En effet jusqu'à 5-7 ans les capacités sont là. Ensuite avec l'éducation, la société, l'attitude des parents face à la spiritualité, elles s'endorment.

Ou certains enfants en ont tellement peur qu'ils demandent à ne plus recevoir. Et tout s'arrête. Mais tout peut reprendre après, il suffit d'être prêt ! C'est ma vérité.

Tu as lu, j'ai écrit « réveiller » *et pour cela il faut le vouloir et y croire, ne pas y mettre des doutes ou des peurs…*

Quoiqu'il en soit, tu peux y arriver si tu le veux, si tu y crois, et si c'est le bon moment pour toi !

Le petit truc que tu peux faire, si tu ressens que ta médiumnité s'éveille, prends-toi un carnet de l'intuition et tu notes ce que tu entends ou vois. Cela peut t'aider, car au départ lorsque tu reçois des messages, mots, vois des couleurs ou autres, tu te demandes pourquoi, et bien ce carnet peut t'aider à t'en souvenir. Tu remarqueras que nous oublions très vite ces derniers. Après tu fais ce que tu veux. En fait ce n'est pas toi qui décides comment faire ou y arriver. Là-haut ils voient si tu es prêt (te) ou pas.

La seule chose à faire est d'être dans l'accueil et non dans le vouloir, coûte que coûte.

Et comme nous sommes protégés, si c'est le bon moment ils ouvrent les « robinets ». 😊

Rappelle-toi, j'étais une initiée mais pas prête, en 1995.

Et tout a commencé vraiment en 2015

Tu as remarqué, je parle de guide ? En fait ce sont des accompagnants, car ils ne font pas pour toi, mais t'accompagnent dans ce que tu fais.

En fait, lorsque tu prends le bon chemin, ils t'accompagnent, comme s'ils mettaient ton turbo en marche.

Nous sommes bien entourés, nous avons un ou plusieurs guides spirituels, des guides familiers, de job, auxiliaires. C'est plutôt sympa de savoir que nous ne sommes pas tout seuls hein ?

Les guides spirituels

En fonction de ton évolution spirituelle, tu as les guides qui t'enseignent, et plus tu montes en vibration, que tu évolues dans la spiritualité, tu auras le guide spirituel qui correspond à ton évolution, ta vibration.

J'ai lu qu'en général on ne les a pas connus. Eh bien si, on peut les avoir connus dans une vie antérieure. Et même si tu changes de guide, les guides précédents restent mais se mettent en retrait pour laisser place au nouveau guide. Tu peux lui demander son nom, et il peut ne pas te le donner aussi.

Tu peux avoir un protocole avec ton guide, d'ailleurs c'est conseillé, tu choisis un mot de passe avec lui, comme tu mets un mot de passe sur ton ordinateur. Tu le choisis avec ton guide. Au début il vaut mieux avoir ce protocole, afin d'éviter d'avoir des entités se faisant passer pour lui.

Pourquoi ? Et bien tout simplement que lorsque tu appelles ton guide, il te donne le mot de passe « Un Sésame ouvre-toi » et tu peux entendre autre chose, ou un autre son, et ce ne sera pas ton guide, mais un coquin, qui là si tu le laisses intervenir, tu diras n'importe quoi et ta connexion faussée, à côté de la plaque. Et toi surtout risque d'être fatigué, pas bien. C'est encore une pratique apprise lors de mon stage de novembre 2017 avec F.

Les guides familiers

Tu as remarqué que je parlais de ma mamie comme étant mon guide ?

En ce qui concerne les guides familiers, ils ont choisi de t'accompagner à un instant « T » de ta vie. Un papy, une mamie, une maman, un papa, un oncle, une tante, un enfant… Tu les as connus soit dans cette vie, ou ce sont des personnes parties bien avant ta naissance.

Eux aussi peuvent changer. Une fois qu'ils ont effectué leur mission, avec toi, ils partent vers une autre mission. Ces missions leur sont utiles pour leur évolution. Malgré tout, lorsque tu penses à eux, ils reçoivent l'information, et peuvent te répondre.

Les guides de job

Eux aussi changent en fonction de ce que tu fais. Exemple, tu veux être boulanger, alors il se peut qu'un guide ayant eu les connaissances, compétences en boulangerie, t'enseigne.

Les guides auxiliaires

Eux sont là pour t'aider, te rendre service, par exemple, tu cherches une place de parking, tu leur demandes, et hop ils font tout pour que tu la trouves.

Doreen Virtue explique bien la différence entre ces guides

N'oublie jamais de remercier les guides ! Important !

Je pourrais passer des heures à parler de cela, et tout ceci je l'ai appris au travers des livres. Mais justement, il y a des livres très précis là-dessus. Doreen Virtue entre autres, Christine André, Alain Joseph Bellet, Patricia Darré, Marie Catherine Bolduc et j'en passe. Et lors de mes stages, pour les fameuses ficelles !

Je t'ai parlé de protection.

En effet, lorsque nous nous connectons à l'au-delà, il est important de ne pas faire n'importe quoi. Déjà, être respectueux, mais surtout de se protéger, comme quand tu sors à l'extérieur, tu mets un manteau, et bien en quelque sorte là c'est pareil.

Il y a plusieurs façons de se protéger, comme il y a plusieurs modèles de manteaux.

Pour ma part je visualise qu'une bulle de protection vient m'envelopper complètement de la tête aux pieds, jusque sous mes pieds. Et j'émets le son « clac clac ».

Lorsque je vais dans les magasins, je visualise très vite que je suis enveloppée, afin de me protéger de l'extérieur.

Aussi l'ancrage est important, en visualisant que des racines sortent de tes pieds et pénètrent le sol (telles des racines d'arbres), afin de garder les pieds sur terre.

Dans les livres de S. Boutboul, tu as des exemples d'exercices pour cela ou sur YouTube.

Je t'ai parlé de **synchronicité**, en fait c'est lorsque 2 événements arrivent en même temps, ex tu pensais à une copine et elle t'appelle après. Ou tu as besoin d'un renseignement et tu vois une émission qui en parle. Ou tu te poses une question, et tu entends une chanson sur le sujet.

Je t'ai parlé de **l'ego**, en fait c'est l'image que nous nous faisons de nous-mêmes. On en a besoin de notre ego malgré tout il ne doit pas prendre le dessus et devenir surdimensionné, c'est-à-dire que nous ne nous voyons pas comme nous sommes vraiment. Ex : Une personne a un flash et de suite se dit « médium » il faut rester humble. Chacun sa place.

Le karma, en fait ta vie d'aujourd'hui est déterminée par tes actions de tes vies antérieures, tu choisis tes expériences pour évoluer.

Pour ma part, il n'y a pas de bon ou mauvais karma, il y a le karma. Alors oui il y a des personnes qui galèrent dans cette vie, car elles ont choisi de vivre cela et qu'elles sont capables de les vivre.

Comment ça se passe quand tu meurs ?

Je ne vais pas entrer dans le détail, il y a beaucoup de livres à ce sujet, mais voici ce que j'ai appris.

Ce que tu dois savoir est que lorsque tu pars de l'autre côté, ta vie ne s'arrête pas, enfin ta vie d'humain, de terrestre, elle s'arrête.

Tu laisses sur terre ton enveloppe charnelle, terrestre, comme un papillon qui mue, tu as déjà vu des peaux vides, c'est un peu identique pour nous. Dans cette peau, il n'y a plus rien. Eh bien lorsque tu meurs, ton corps est vide, et ton âme monte vers l'au-delà.

Il est dit que l'âme met 72 heures pour monter.
Ta montée dépend de comment tu y étais préparé (ée).

Une personne qui va être malade va avoir le temps de se préparer au départ, car ses guides viennent lui annoncer.

Et encore, il ne faut pas qu'elle craigne de partir. À sa famille terrestre de la rassurer, pour qu'elle puisse partir tranquille, et sa famille spirituelle (les plans subtils) de la rassurer aussi.

Après il y a des personnes qui peuvent partir subitement (j'en parle plus loin dans le livre), là, il leur faut du temps à comprendre, voire accepter leur nouvel état.

Et il y a des personnes qui, elles, mettent fin à leur jour. Sur ce sujet, j'ai lu *Le couloir des élus* de Catherine Bolduc, et il est question d'une âme qui s'est suicidée. Excellent, ce livre.

Et la montée de l'âme dépend aussi de la façon pour laquelle le défunt s'imaginait être le « après vie ». Il y a d'excellents documentaires là-dessus.

Lorsqu'une âme est perdue, et n'arrive pas à comprendre ce qui se passe, le passeur d'âme peut intervenir, afin de l'aider à accepter son nouvel état et l'aider à passer de l'autre côté et y retrouver sa famille partie avant lui.

À ce jour, j'utilise le « bus de lumière », en fait j'en fais passer quelques-unes en même temps, à leur demande, on est bien d'accord et surtout avec bienveillance, et amour. En fait lorsqu'une âme vient me solliciter, je peux la ressentir angoissée, car elle ne sait pas ce qu'il y a de l'autre côté, j'essaie au maximum de la rassurer, ou tout simplement elle me dit qu'elle est prête et qu'elle veut monter et a besoin de moi. C'est comme si elle avait besoin d'élan pour passer la porte de la lumière.

En fait lorsque nous sommes médiums, nous avons comme une petite lumière au-dessus de notre tête, comme un phare dans la mer, les bateaux s'y repèrent, et bien c'est pareil pour les âmes, tu es leur repère.

Pour ma part je les fais monter dans la lumière le soir au coucher. Lors de la formation, nous apprenons ces ficelles, mais après tu le fais à ta façon.

Lors du départ du défunt, il devra passer par ce que l'on appelle « l'hôpital cosmique » comme son nom l'indique, il s'agit d'un passage où tu es soigné, délivré de tes peurs, doutes, et j'en passe.

Une fois que tu es enfin prêt, tu vois le film de ta vie, tu vois tout ce que tu as fait de bien et de mal, et tu peux voir aussi des situations pour lesquelles tu as agi sans même te rendre compte que tu as fait du mal. Tu es ton seul juge, ton guide ne dit rien.

En fonction de tout ce que tu as constaté, tu proposes à ton guide de travailler sur telle ou telle mission pour corriger ta mauvaise action, lors de ta prochaine incarnation et donc d'évoluer. Et une fois incarné, tu vas vivre les bonnes expériences, pour lesquelles tu n'as bien évidemment aucun souvenir de les avoir choisis. (Tout cela je l'ai appris au travers des lectures.)

Un film génial est « Nosso Lar », c'est Chico Xavier, un super médium brésilien qui a eu toutes les informations d'un défunt qui était docteur !

Il est écrit que : « Nous sommes des êtres de lumière à l'école de la terre ».

Je ne fais que répéter ce que j'ai lu. Mais il me semble avoir oublié de qui est cette citation.

Et a priori, nous sommes courageux, car notre planète, si belle, soit-elle, est une école très difficile. L'ego et la dualité font partie de notre vie terrestre. Mais c'est a priori la seule planète, sur laquelle, nous apprenons autant. D'après mes lectures.

VI
L'initiée, un peu plus armée

Souviens-toi, lors de mon 1er atelier, le médium m'avait annoncé que j'étais passeuse d'âmes du bas astral.

Une nuit, je me sens hyper oppressée, grosse panique, je suis couchée, je ressens une grosse pression, et la peur envahit tout mon corps, je ne peux plus bouger, dans mes yeux, de la terre, je ne vois rien, et là je me dis : « Touche ton homme, comme ça s'il t'arrive un truc, tu pourras le réveiller ».

Et j'envoie de l'amour, et de l'amour, je demande protection de mes guides, anges gardiens, j'appelle tout le monde à mon secours, je dis que de l'autre côté c'est beau et bon. Enfin je ne me souviens plus exactement, et ça dure des minutes longues, très longues et j'ai peur !

Et peu à peu, la terre dans mes yeux disparaît, la lumière revient peu à peu, je me sens moins oppressée. Sont-elles montées ? À ce jour, je ne peux l'affirmer, je l'espère en tout cas. En tout cas, j'ai envoyé de l'amour malgré ma peur… c'était ma toute 1re expérience avec le bas astral.

Ma deuxième expérience, moins traumatisante, très intense, là j'ai senti tout de suite d'où ça venait, j'étais un peu plus armée. Et là oui, pour moi elles sont bien montées. Depuis je n'ai pas aidé d'autres âmes du bas astral.

Conseil d'Âmie

Un petit truc aussi, surtout ne te laisse pas déborder par les âmes. C'est vrai, au début, nous sommes tout feu tout flamme, sommes tellement contents de capter, que nous voulons aider les âmes, transmettre des messages, c'est tellement magique… Mais, elles ont tout leur temps, toi non, tu as ton quotidien.

Nous en reparlerons plus tard justement qu'il faut savoir garder ses priorités.

Il n'y a pas que la spiritualité non plus, il y a le quotidien, qu'il ne faut surtout pas oublier au risque là de se retrouver en dehors de la vie, et ce n'est pas bon du tout.

Je te le rappelle, nous nous sommes incarnés pour vivre des expériences terrestres.

Après ces « stages », je me sentais un peu plus armée, et me suis donc lancée en tant que canal médiumnique, et surtout me sentais légitime de l'être. Je reçois des consultantes à la maison, et tout se passe super bien.

Avant de recevoir les consultants (tes) je me connecte toujours sur eux (elles), je reçois des messages, mots, situations, et lors du rendez-vous je donne ces informations et me reconnecte sur la personne, soit en présentiel, ou à distance, via l'ordinateur.

J'écris tout cela, en écriture intuitive. C'est-à-dire que j'entends, je vois dans ma tête et écris ce que j'ai entendu, ou vu.

Différente de l'écriture automatique.[7]

---

[7] Écriture automatique : L'âme incorpore notre corps, notre bras et nous ne sommes plus maitre de nous-même. Nous ne maîtrisons plus rien. C'est l'âme qui est le maître à bord.

Lors de rendez-vous, je dis ce que j'ai reçu. À 95 %, les consultants (tes) confirment.

Après ça peut aussi, ne pas parler de suite, mais, là-haut, ils reviennent à la charge directement avec le consultant dans les jours qui suivent pour qu'il comprenne.

J'en reviens à l'écriture automatique, tu ne maîtrises rien, une âme incorpore ton bras, ou ton corps, certains médiums y arrivent, et je trouve cela géantissime, mais attention, ça peut être dangereux, si tu ne te protèges pas ou si tu es novice.

C'est ma volonté pour plus tard, mais ma peur me retient encore.

Incorporer veut dire « prendre la place de », donc tu imagines qu'avant de l'accepter, il faut ôter toutes tes peurs, croyances limitantes (je n'y arriverais pas, je ne suis pas digne) ou la peur, la peur de ne pas retrouver son intégrité. Surtout bien se protéger, en acceptant uniquement des âmes qui sont dans la lumière ».

Lors de l'incorporation si tu n'es pas protégé, des âmes moins bien intentionnées peuvent prendre ta place entièrement et là, ce n'est plus le même refrain.

En fait c'est comme si vous étiez 2 dans le même habit, tu te sens étriqué, et surtout que l'âme peut t'imposer des choses, comme te mettre à boire, ou faire d'autres choses. Bon tu auras compris, il vaut mieux éviter si tu débutes. Toutefois, il y a des personnes qui sont incorporées dès le départ et s'en sortent très bien, j'ai lu un livre dernièrement de Virginie Lefebvre, « flic et médium » et toute petite, elle était incorporée, lorsqu'elle prenait son stylo, elle se mettait à écrire tout de suite sans rien maîtriser.

Tu auras compris, il faut faire attention !

Comme je te l'ai dit, je m'étais inscrite dans des groupes appelés « spirituels », afin de partager, voire apprendre, et échanger. Et puis, bon il ne faut pas non plus se voiler la face, me faire connaître.

Souviens-toi aussi, j'avais eu la visite lumineuse, et je tombe sur un groupe Angélique, sur Facebook.

Je m'inscris donc sur ce groupe, c'était une Canadienne qui en était l'administratrice et professionnelle.

Ma deuxième magnifique expérience

Un jour, sur ce groupe Angélique, une personne, que je ne connais pas, met la photo de son amie « Annie » précisant qu'elle était en soins palliatifs.

En voyant la photo, directement j'entends un message pour Laurence devenue « Ma Lau » :

« Continue la plume et le fil ? »

Je ne comprenais rien au message. Je le transmets donc à Ma Lau. Tout de suite, elle comprend. Et là toutes les 2 ça matche.

Nous sommes dans les mêmes énergies très vite nous lions une très belle amitié, plus, comme si nous étions sœurs.

Et d'ailleurs plus tard, j'apprendrais lors d'un rêve que nous étions sœurs dans une vie antérieure.

Quelques jours passent, je suis sous ma douche et là Annie vient me voir, je l'entends qui me dit : « Va dire à Laurence que je suis partie ». Je lui demande de patienter, car j'étais sous ma douche. Très impatiente, elle insiste. Je termine vite et envoie un message à Ma Lau. Elle ne l'avait pas encore appris. Mais la confirmation ne se fait pas attendre.

À force de voir les groupes, l'envie me vient de vouloir ouvrir aussi une page ou un groupe.

VII
L'initiée crée son groupe sur Facebook

Ma Lau avait accepté de monter une page avec moi, comme je n'étais pas certaine d'être à la hauteur, tout de suite beaucoup de personnes nous ont rejoints, je commençais à prendre de l'assurance. La page est devenue groupe.

Puis un jour, environ 6 mois après, Ma Lau me dit : « Je vais te laisser la main seule sur le groupe, tu t'en sors bien et j'ai d'autres projets pour moi ». Elle me l'avait dit dès le départ.

Je ne vous dis pas la panique, et bien en fait, mais ça s'est bien passé, je partageais des informations, et surtout tout ce que je savais, je le partageais, car je sens que ma mission de vie est de transmettre, partager.

Les membres de mon groupe me font confiance et certaines veulent avoir une consultation.

À côté, les consultantes venues à la maison parlent aussi de moi, et je reçois des consultantes. Je mets au féminin, étant la majorité de mes consultations.

Ma 1re expérience à distance : la personne habitait à 600 km de chez moi, m'avait demandé un rendez-vous, j'ai accepté sans réfléchir. En fait c'est venu naturellement, en me disant les messages viennent de là-haut donc, que ce soit physique ou à distance…

Je vois des seringues, j'entends piqûres, j'entends une présence qui me dit « tu étais mon oxygène » j'avais une présence avec moi, un patient qu'elle avait eu. La consultante a été bluffée, et moi aussi, tout ce que je lui disais était passé, présent, quant au futur, oui elle l'a vécu.

Eh bien pour ma 1re expérience, avec une personne a plus de 600 km, que je ne connais pas, super.

Depuis, une amitié s'est installée, et elle me consulte toujours.

Une autre connexion à distance :

J'arrive en haut de ma rue, et je vois une voiture passer. Et là, j'entends : « C'est sa voiture » !

Je savais de qui on me parlait ! Tout à fait étrangement j'envoie un texto à cette personne que je ne connaissais pas et avec qui j'avais un rendez-vous l'après-midi pour une consultation. Cette personne habitait à plus de 600 km de chez moi. Elle avait pris rendez-vous avec moi pour donner suite à une recommandation, d'une personne à qui j'avais fait une consultation médiumnique.

Alors je lui envoie ce texto : « Tu as une Renault Captur orange ? » Je te laisse deviner sa réponse, et surtout ma réaction : « Whaow ? c'est vraiment génial et magique !

Comme je te l'ai écrit plus haut dans le livre, nous sommes différents aussi entre médiums, tu en as qui entendent « clairaudient », d'autres qui voient « clairvoyant », d'autres ressentent « clairsentience », ou les 3. Chacun sa particularité.

D'autres qui peignent, vois la couverture de mon livre.

VIII
L'initiée a des doutes

Petite anecdote qui avec du recul est bien fait pour moi, et je pense que là-haut ils m'ont laissé vivre cette expérience. En gros **« tu doutes de nous »**.

Des consultantes m'avaient parlé d'une personne « super » médium et elle dispensait des soins énergétiques, elle était assez loin de chez moi, mais je voulais la voir, la consulter. Quelque part, je voulais que l'on me confirme que j'étais vraiment bien partie, lancée…

En septembre 2018, je suis donc allée à 1 h 30 de chez moi.

J'arrive plus tôt, 15 minutes et j'avais très envie d'aller aux toilettes. Je sonne chez cette personne, afin d'aller aux toilettes. Réponse : « Vous êtes en avance, revenez dans 15minutes, oui mais j'ai envie d'aller aux toilettes », réponse : "Revenez dans 15minutes. Franchement si je n'avais pas été si loin de chez moi, j'opérais un demi-tour. Malgré tout je voulais savoir. 13 h 30, elle vient me chercher, me dirige vers les toilettes, et je la rejoins dans sa salle., quant au moment de passer à la consultation, m'entendre dire "ho votre vibration est très basse », tu m'étonnes, vu l'accueil !

Je lui explique que j'ai des prédispositions aussi et que ses consultantes m'ont recommandé d'aller la voir. Quelle naïve que je suis.

Que n'avais-je pas dit là… Le bouton « bip bip concurrence » s'est activé, et là de m'entendre dire : « Tu n'es pas médium, tu n'y arriveras pas… » OK ça me choque un peu mais bon et puis à un moment elle me dit : « Tu vas déménager ! » ha non je n'ai pas envie, « et bien si tu vas le faire », et sa façon de me dire c'est comme ça et pas autrement, elle m'a annoncé aussi d'autres informations, rien à ce jour, n'a été concrétisé, mais le pompon, au bout de 50 minutes, elle me dit : 'Stop et je n'ai pas le temps de faire le soin comme proposé, tu reviendras et nous referons toute la séance, soit 75 €. »

Je n'y suis pas retournée, tu comprends ! J'aurais dû fermer ma bouche !

IX
L'initiée prend conscience

Quand une consultante me dit : « Je vais en général voir un ou un médium, cela ne me dérange pas. » Eh bien oui il n'y a pas qu'un boulanger, et dans la spiritualité il y a de la place pour tout le monde.

Et là j'ai commencé à prendre conscience que le monde de la médiumnité est comme partout. Et qu'il n'est pas un monde de bisounours. La concurrence y est rude.

En fait, tu prends 1 par 1, les médiums, nous avons tous le même discours, il faut être dans la gratitude, le non-jugement, le discernement, l'accueil. OUI, à condition que tu n'empiètes pas sur mon terrain ! Oui, tu as vu, je me mets dans le lot.

Aujourd'hui je ne suis pas comme cela, et j'espère ne jamais le devenir.

Je généralise aussi, malgré tout, c'est comme le monde, tu as de bonnes personnes, et tu as de mauvaises personnes.

Après je comprends, certaines en vivent, ou essaient d'en vivre, mais avec plus de 6 milliards d'êtres humains sur terre, il y a du travail non ?

Attention je noircis le tableau, et surtout je parle de ma propre expérience. Malgré tout, il y a des supers médiums, géniaux, qui ne sont pas dans la vénalité, mais voilà il se peut que tu rencontres comme partout, des médiums ou magnétiseurs, jaloux, avec un ego sur dimensionnés…

Alors, blinde-toi ! L'argent, le nerf de la guerre fait partie aussi de ce milieu. Mais c'est dans tous les milieux pareils non ?

De la même façon, un médium qui te dit : « Il faut faire ceci ou cela ». Bof bof, tu as ton libre arbitre, même si l'on te dit : « Tu prendras l'autoroute et que tu préfères prendre la nationale, tu vivras des expériences différentes. Nous n'avons pas à nous imposer quoi que ce soit, et rappelle toi, tu as choisi ton incarnation et ce que tu devras vivre, donc ! »

En général, quand on a trouvé le médium qui te bluffe, tu le gardes.

Et puis, il te faut aussi vivre tes propres expériences comme je te le dis au-dessus, ça peut t'aider, si tu en ressens le besoin bien évidemment.

Cependant une fois par an est suffisant ou tous les 6 mois.

Y aller tous les 4 matins déjà le médium doit refuser (sinon il fait du business sur ton dos et ça ce n'est pas bon) et surtout que nous devons agir avec notre propre intuition et ne pas faire en fonction de… **C'est ce que l'on appelle le libre arbitre !**

L'idéal est que tu sois TOI ! Sois dans l'accueil, le partage. De toutes les façons, ce n'est pas nous qui allons changer le monde ! hein ?

Nous sommes en 2022, j'ai toujours des rendez-vous que ce soit pour des connexions, que des soins, voire des rendez-vous pour la numérologie, j'ai appris aussi.

X
L'initiée évolue

Et puis la méditation m'appelle, alors je me laisse inspirer avec ma musique préférée, et j'écris, j'écris et je vis en même temps la méditation, c'est très chouette.

Les personnes de mon groupe adorent aussi, même mes voisines, s'y sont mises. ☺A priori ma voix les transporte. ☺

Je peux aussi écouter des méditations d'autres personnes, et si le texte me transporte, je prends des bribes par-ci, par-là, cependant je le précise, je cite d'où je prends ces bribes.

Ne jamais s'octroyer un texte ou autre et le nommer comme s'il venait de nous. Il est vrai que ça peut être tentant, mais pourras-tu te regarder dans la glace ? En tout cas pas moi.

J'ai une sainte horreur de cela, à quoi ça sert ? À nourrir son ego ? Oui, ce n'est pas mon truc.

Des personnes sont spécialistes de cela, je pense que si j'ai cela en horreur est que ça me fait l'effet miroir, j'ai dû le faire dans des vies antérieures, pour que cela me hérisse le poil autant. ☺

Une de mes méditations a été reprise par une personne avec la musique, elle se l'est approprié, je l'ai appris, alors je lui ai expliqué qu'elle pouvait bien entendu l'utiliser mais qu'elle devait citer ses sources.

Pour elle, tant qu'elle ne gagnait pas des sous dessus, elle ne voyait pas le mal.

Chacun ses valeurs.

Tu dois te dire : « Mais pourquoi elle insiste sur tous ces détails ? » « Conseils d'Âmie. »

Tout le monde n'est pas beau ni gentil, et pourtant j'adorerais cela ! Je suis certaine que dans mes vies antérieures, je n'ai pas été « clean », car je déteste l'injustice, le vol, le plagia… j'ai dû le faire vivre à d'autres, pour que cela me fasse autant horreur !

Ce groupe qui est maintenant mon bébé se veut serein, bienveillant et de partage. Les commentaires le prouvent, je te laisse lire quelques commentaires.

Merci pour ton investissement quotidien pour nous toutes et tous. Tu nous aides à être les meilleures versions de nous-mêmes. Merci.

Merci pour ton écoute, ton investissement au quotidien

Tu es une lumière pour nous, un ange terrestre gros ***bisous*** *dorés Kris.*

Merci à toi Kris d'avoir créé ce groupe qui est vraiment ton bébé dans le sens où il te ressemble par la sérénité, la générosité, le partage, l'amour et la spiritualité qui y règnent…

Merci à toi, notre petit guide terrestre pour être aussi disponible pour nous tous, pour les chemins que tu nous montres et l'amour que tu nous donnes.

Quelle belle âme tu es.

Merci, Kris, pour ce groupe. Merci aussi d'exister. Tu m'apportes ainsi que les personnes du groupe un véritable bien être de la sérénité.

Tu nous fais réfléchir à des situations et tu nous trouves toujours des solutions à nos problèmes spirituels.

Avec toi j'ai découvert beaucoup de choses sur la spiritualité et la médiumnité. Grâce à toi, cela me fait moins peur...

Tu es une très belle personne.

Gros ***bisous*** 📷❤.

Kris, tu es un ange sur terre. Tu es lumière, hêtre pur, tu sais comment redonner le sourire. Ce groupe est ton identité qu'amour. Merci, Kris, d'être venue à mon aide lors d'une grosse épreuve de ma vie. J'ai énormément de gratitude pour ce groupe et toi même. Tu mets tout ton cœur pour donner de l'amour. Namasté Kris ❤❤❤.

Merci, Kris, pour tout ce que tu m'apportes et ce que tu apportes à toutes les belles âmes de ce groupe, du temps que tu investis pour nous tous. Merci aussi de ta joie de vivre et de ta lumière. Merci pour tout ce que tu partages avec nous, de ta disponibilité et je suis heureuse que tu aies été mise sur ma route ❤❤❤ ***bisous*** 😘😘😘

Merci beaucoup Kris tu es devenu un guide dans ma vie mouvementée. On trouve toujours au sein de ce groupe une réponse ou une prière qui nous aide et nous réconforte. Gratitude. 🙏*tu es une personne non un ange d'une grande générosité qui nous guide dans notre recherche de spiritualité. Ta sérénité permet de prendre du recul et de voir la situation plus positivement qu'elle ne paraît. Bisous dorés.* 🙏🙏

Bon je ne vais pas te mettre tous les commentaires, mais tu vois.

Et j'y tiens, je partage tout ce que j'ai lu, appris à travers des livres, et toutes les émissions qui peuvent nous apprendre aussi.

Le partage ! Et toutes les personnes du groupe ressentent de la bienveillance. Je pense que pour être respecté, il faut respecter les autres, et se respecter soi-même !

C'est pareil, lorsque je fais une consultation, j'ai remarqué que les personnes repartaient avec une pêche d'enfer. Et en Visio, c'est pareil.

Le fameux médium qui m'a dit de me lancer m'avait dit que tout se passait dans mes yeux. Alors est-ce cela ?

Lors de mes consultations, je fais toujours style, « même pas peur » mais si tout au fond de moi, je me demande si je vais avoir les bons messages.

Alors moins maintenant, et tu sais pourquoi ?

J'ai une confiance aveugle en mes guides, à ce jour « mes plans subtils » c'est ainsi que je les appelle.

Je prépare mes rdvs en amont en me connectant au consultant, et j'attends les messages. Au début je demandais une photo, et je me suis rendu compte que je ne la regardais pas tant que cela. Et ma bulle de protection se fait automatiquement.

À mes débuts, je suivais un protocole, je visualisais une bulle de protection qui m'enveloppait de la tête aux pieds, jusque sous les pieds, et je fermais cette bulle de protection.

Pour l'ancrage, je visualisais des racines qui sortent de mes pieds et qui pénétraient le sol et descendaient très profondément. (Tout cela fait partie des ficelles que tu peux apprendre lors de formation)

En fait c'est comme une armure qui au début met du temps à apprivoiser ton corps, et plus les années passent, plus elle est ajustée et directement en pensées.

Lors de mes connexions, je n'attends, jamais longtemps, je reçois des images, des mots, rarement des phrases. Je ressens une présence à mes côtés quelques fois. Si un défunt veut communiquer des informations.

Je ne cherche pas à comprendre sinon bien évidemment le mental s'installe, comme je te l'ai expliqué. On reçoit, on transmet !

En général, je ne veux pas revoir les personnes avant 6 mois minimum. Il faut comprendre que nous devons avancer par nous-mêmes, et non systématiquement avec l'aide de là-haut, nous avons notre libre arbitre, et nous devons aussi vivre nos expériences. Je ne le répéterais jamais assez. Après si la personne veut absolument, je lui communique les coordonnées d'un autre médium.

Lors de la création du groupe avec Ma Lau, très vite, nous avons sympathisé avec Véro Véro qui elle est dans le soin entre autres, elle a aussi plein de cordes à son arc, comme on dit.

XI
L'initiée et ses contacts

Véro sentait que le passage d'âmes l'appelait, elle ne savait pas comment faire, mais surtout ne voulait pas « mal faire », elle me demande donc de l'aider.

Entre-temps, un soir lors d'un direct sur mon groupe, j'apprends qu'un homme décède. « Math » j'entre en contact avec lui. Foudroyé par une crise cardiaque. Il me montre qu'il est perdu, se demande ce qu'il fait ici, un peu révolté, car pas préparé à ce départ rapide. Et voici ce que je dis à son épouse. C'est son texte que tu vas lire.

Alors, tu me disais, 26 juillet 2018, que Math te disait « coquille Saint-Jacques » et je te disais que nous allions ramasser des coquillages, que nous allions à la pêche ? Je ne comprenais pas trop. Ensuite tu as dit : « Il faut », ce que tu entendais. Et toutes les deux, nous avions pensé à « faire le chemin de Saint-Jacques-de-Compostelle ». J'ai compris longtemps après qu'il fallait que je contacte Jacques, ami de Matth, qui habite Saint-Brieuc, pays de la coquille en plus ! Coquille Saint-Jacques😊. Et ce, en relisant ce que tu m'avais dit, car plus loin tu me disais « vélos ». J'ai fait la relation, Matth voulait que j'aille voir son ami à Saint-Brieuc pour qu'il m'aide à revendre sa collection de 2 roues, « vélos ». J'en ai eu confirmation après lors d'un rendez-vous avec Mr B.

Ensuite tu m'as conseillé de prendre rendez-vous avec Mr B, je n'osais pas t'en parler mais j'y pensais et t'ai dit que j'avais vu ses conférences et que je n'osais te le dire. Et là, tu me dis Matth rigole. Après, tu me parles de « peinture », « projet que tu dois reprendre », confirmation également avec Mr B. pour m'aider à sortir de la tristesse et ne pas trop penser à mes problèmes matériels et financiers. Ensuite, tu m'as dit « Léon », c'était notre chien et tu me disais qu'ils étaient ensemble. Puis tu me dis « Léon comme Noël », et là je me posais des questions Noël ? En fait, le Noël suivant, j'étais chez mes parents, et la télé a commencé à dérailler. J'avais allumé deux bougies et seulement une vacillait. J'ai compris que Matth était dans le coin. Mon père s'énervait après la télé et cherchait un courant d'air qui faisait vaciller qu'une seule bougie et qui étaient l'une à côté de l'autre😊.

La télé s'est remise à fonctionner et nous nous sommes installés devant et mes parents se sont endormis. La flamme de la bougie continuait à vaciller et je me suis laissé un peu aller en pensant à Math. C'est alors que j'ai entendu à 20 cm de mon oreille « c'est Math ». Merveilleux ! Mon plus beau cadeau de Noël ! « Léon, Noël » Math s'est servi des mêmes lettres pour les deux messages. Et il aimait bien blaguer. J'ai eu bien des signes depuis, ça continue, heures miroirs, cœur en buée sur les fenêtres, orbes sur les photos, visages sur les photos.

Et oui j'ai rencontré Mr B ! Formidable ! Je pourrai t'en parler si tu veux. J'allais oublier, tu as dit, Math t'a dit : « Il faut aller dehors sur la terrasse, allumer une bougie et se connecter ». Et j'étais restée 3 heures sans aucun signe. Je suis rentrée et j'ai vu l'appareil photo devant moi sur la table du salon et j'ai tout de suite pensé et dit à Math à voix haute : « Tu faisais des photos de coucher de soleil, je vais en faire de la lune (pleine). »

J'ai fait des photos et me suis couchée. Le lendemain matin, j'ai regardé les photos et sur plusieurs une lumière violette apparaît ainsi qu'un petit être. Je te les avais envoyées. Puis, quelques jours après, j'étais dehors en train de lire un livre d'Allan Kardec et une brume, comme un petit nuage, est sorti de la maison par la fenêtre du bureau, s'est mis devant moi, a disparue et réapparue à ma gauche. Fantastique. Je te remercie beaucoup de m'avoir écoutée, il y a 3 ans et encore aujourd'hui. Si tu veux d'autres détails, explications ou parler de médiumnité, je suis là. Merci beaucoup Christine💞👍

Quand je dis que tout est synchronicité, pas de hasard. J'apprends ou je réapprends à Véro le passage d'âme, elle ne se souvenait plus comment faire, mais dans une vie antérieure, elle l'avait déjà fait. **(Je te le rappelle, nous avons tout en nous.)**

Lors de notre Visio-conférence, toutes les 2, j'avais demandé à Math, s'il voulait bien passer afin que je lui présente Véro. Avec Math, nous avions convenu qu'il était temps qu'il monte dans la lumière. En fait je n'invente, ni ne dit au « pif » des choses, au fur et à mesure de mes lectures, j'apprends et surtout je retiens.

J'explique donc à Math comment se passe un passage vers la lumière. Après quelques jours, il a assimilé, et a bien accepté. Je lui avais demandé de nous rejoindre, je voulais lui présenter Véro.

Tu sais là-haut c'est comme sur terre, tu accroches ou pas avec les gens, et bien les âmes ou désincarnés comme tu veux, acceptent ou pas d'entrer en contact avec nous, ils ont leur tête 😊

Math était d'accord. Je lui présente donc Véro et explique que c'est elle qui le fera monter dans la lumière. Il dit oui, à une condition. Qu'elle fume une cigarette juste avant.

Pacte passé.

Le samedi matin, je revenais de courses et je ressens une présence, c'était Math, il me dit :

LUI : Tu sais si je t'avais connu de mon vivant, je t'aurais pris pour une folle.

En effet il ne croyait pas en la spiritualité. « Mais tu es sympa, en fait, et arrête de fumer cette merde » oui je vapote. De lui répondre :

MOI : Hein toi c'était pire non ? Tu ne fumais pas que la cigarette.

Et hop il part, pour autre chose, peut-être a-t-il été appelé ?

Véro me rappelle plus tard, leur rendez-vous s'est passé à merveille, j'avais aussi précisé à Véro que lorsque nous faisons passer une âme, très souvent nous avons un message de leur part.

Et là Véro me raconte. Ils étaient en voiture avec leur fille, et sur la route un camion les double et sur ce dernier était écrit « MATHIEU » avec plein d'étoiles…

Whaow, si ce n'est pas magnifique ! Alors c'est vrai qu'en écrivant ces lignes, tu vas peut-être me prendre pour une « perchée » comme nous sommes souvent appelés, mais j'ai ma conscience pour moi et surtout Véro…

Quelques fois, ils viennent sans prévenir

Un soir, j'étais avec Nini au téléphone, nous discutions, je n'étais pas en mode connexion et d'un seul coup, j'avais une odeur de chien mouillé et je ressentais à mes chevilles comme un chien qui me mordillait, le bas de mon pantalon, je voyais même ce chien, mais sans le voir comme lorsque l'on voit un chien en vrai, je le voyais dans ma tête, un chien de berger, tu sais comme ceux qui regroupent les moutons.

Je raconte alors à Nini cela, grande émotion c'était son chien. Il venait faire un coucou, passait par moi pour le dire à sa maîtresse.

Quand ce n'est pas le moment

Un autre soir au téléphone, Arlette voulait papoter avec moi, elle a aussi beaucoup de capacités, je me souviens c'était la veille de mon départ en vacances, mes valises n'étaient pas prêtes complètement.

Elle me demande de me connecter sur elle, impossible, en fait j'étais dans mes valises, je voyais l'heure tardive ! Alors je lui propose d'aller terminer mes valises et je la rappelle.

Tout est bouclé je la rappelle et là tout arrive, j'entends commune, C.C.A.S. (Commission communale d'action sociale) j'entends et je vois des enfants autour d'elle.

Elle était conseillère municipale dont la commission CCAS et elle travaillait en effet dans un collège. Je ne l'avais qu'au téléphone. Nous étions bluffées toutes les deux.

C'est là que l'on peut se rendre compte de la fiabilité d'un médium, il ne nous connaît pas, et nous dit des choses sur nous.

Beaucoup de médiums sont très compétents, d'autres vous diront : « Je peux entrer en contact avec ton guide » ou je peux te transmettre des messages des êtres de lumière. Chacun à ses mots.

Connexion avec une personne dans le coma

Un autre jour, je reçois un appel de « détresse » Céline m'appelle affolée, elle est dans un pays étranger, sa fille et le fils de son amie se sont fait piquer par une méduse boite, une méduse qui provoque des arrêts cardiaques.

Le jeune enfant était dans le coma, tout de suite elle s'est dit je vais contacter Kris.

Mais je ne sais pas faire cela moi, enfin je n'avais jamais eu l'expérience du coma.

Au moment où je regarde la photo, « connexion immédiate », j'entends : « Je reprendrais un poussin dans ma main, dis à mes parents que je les aime, je vais rater mon interro de maths… » Il m'explique comment ça va se passer mais qu'il ne faut pas paniquer, tout va rentrer dans l'ordre, qu'il va sortir du coma…

Et oui tout s'est passé comme il me l'a dit, et le plus extraordinaire est que ce jeune garçon a 12 ou 13 ans, il s'est mis à écouter de la musique « zen ».

À ce jour il va bien. Et c'est le principal.

Je venais de me rendre compte que je pouvais communiquer avec des personnes dans le coma.

Une autre fois aussi je suis entrée en contact avec une maman dans le coma, lorsque je racontais ce qu'elle me disait sa fille confirmait, je ne me souviens que d'un mot « dentelle ».

Lors de ces contacts, je n'écris pas. Comme en consultation, je donne direct le message.

En fait je me souviens de mes connexions ou anecdotes, lorsqu'il y a quelque chose de marquant, comme le fameux message de la « voiture » c'est sa voiture, ou d'autres cités au-dessus.

Lors de connexions, ce n'est pas mon cerveau qui travaille ni ma mémoire, et c'est pour cela que j'oublie 90 % des messages.

En fait ce sont les consultants qui me disent : « Tu te souviens, tu m'as dit ceci, cela. Eh bien ça s'est passé, comme tu me l'avais annoncé ».

Je suis contente pour eux, et pour moi bien évidemment, il ne faut pas se cacher la face, ça fait plaisir de constater que je suis bien en connexion.

Je me souviens d'avoir fait une connexion à Nelly, l'épouse de mon ami Patrice décédé.

2 ans après son départ, je la voyais avec un monsieur qui avait beaucoup de foulards, et je le voyais toujours avec un foulard autour du cou. J'ai expliqué la rencontre.

À ce jour, elle est avec cet homme avec un foulard toujours au cou, car fragile de la gorge.

Une autre fois, M. vient me voir, elle n'est pas bien accompagnée, je le vois tout de suite, je vois aussi cet homme malsain, et je lui annonce qu'elle va rencontrer un homme, il fait du vélo, beaucoup. Et je lui dis : « Tu vas faire du vélo aussi. » « Ho non, me dit-elle, je ne suis pas sportive ». Elle a rencontré cet homme et elle a fait du vélo. 😉

Tout à mes débuts, comme je considérais que recevoir des messages était un don, je me suis dit : « Je dois donner en retour » les personnes me demandaient combien je prenais et je répondais : « Ce que vous voulez ».

« Considère-toi »

Jusqu'au jour ou l'Univers, mon guide me présentent une femme très bien habillée, vraiment haut standing, nous passons 3 heures ensemble et elle me donne 10 € pour 3 heures. Alors oui l'habit ne fait pas le moine, mais franchement, elle était très classe et sentait super bon.

Et j'entends : « Tu vois ? À ne pas te considérer, tu en récoltes le fruit. » Depuis ce jour, je me considère, je donne le montant, et je m'adapte aussi à la situation de la personne, quoique je me suis fait aussi avoir.

Lorsque durant une consultation j'entends : « Je n'ai pas d'argent », et bien à la fin je l'offre et le lendemain je vois la personne à montrer ce qu'elle avait acheté de grande valeur.

Mais ne dit-on pas que la vie est faite d'expériences ? 😊

Nous l'apprenons tous les jours.

En fait c'est un échange d'énergie, tu en donnes, tu reçois et cette dernière sera échangée contre des livres, de la nourriture. Vois-tu ?

Mais à ce sujet, nous sommes tous différents, tu as des médiums qui ne prennent rien, et en échange, le consultant offre des fruits ou légumes ou autres.

D'autres au contraire en font un super business et prennent des sommes très importantes. Après si les consultants veulent payer, c'est leur choix.

Je pars du principe que chacun fait ce qu'il veut.

Une nuit, j'entends, tu dois transmettre ! OK, mais comment ? Et là je me vois organiser des « lives, c'est-à-dire me montrer en direct » sur mon groupe. OK, mais heu si je me plante, si je n'arrive pas à parler.

Le 1er pas, c'est le plus difficile ! comme pour tout d'ailleurs, non ?

Alors je commence à en organiser, l'après-midi sur mon groupe, en me disant : « Il n'y aura pas grand monde, moins grave si je me plante. »

Attention à nos pensées négatives !

Mais pourquoi cette pensée ? encore un manque de confiance.

Mais, attention à toutes nos pensées, nous nous attirons le résultat. Sache que la pensée est créatrice, ce que tu penses dans l'invisible, se crée dans le visible. Alors ? Nous devons rester confiants, positifs.

Exemple : Une fois, je pense : « Si ma voiture tombait en panne, je serais bien embêtée ». Une semaine après, « bim », voiture HS. Bon ils ont été sympas, juste devant chez moi, j'étais dans une colère noire, j'avais des dépenses importantes à ce moment, les 50 ans de mon époux, notre voyage de 15 jours, ce n'était pas le moment.

Je pleure, ben oui je pleure, je suis très expressive ! 😊, en revenant le soir de mon cours de théâtre, mon époux avait sélectionné quelques liens de voiture à vendre. Je suis happée par une annonce, je revenais à chaque fois dessus. Il y avait l'immatriculation et le nombre 476, nombre angélique qui dit : « Toutes tes prières ont été entendues, les anges t'ont entendu, toutes tes factures seront payées. » Whaow ! La voiture a été achetée. C'est beau, hein ?

Alors je me lance pour le live, et j'arrive à ne pas bafouiller, tout se passe bien, et les personnes intéressées. Eh bien le 1er pas était fait. J'ai continué, et je continue mais le soir.

Malgré tout, il y a toujours quelques secondes de trac comme pour le théâtre ! Une fois lancée, tout roule, j'organise des soirées « messages de l'invisible » les personnes ont posé leur question avant le live, je me connecte, reçois, et durant la soirée, je me connecte sur la personne et donne le message. J'avoue être bluffée souvent.

C'est magique !

En fait lors de mes consultations, je ne sais rien de la personne. Je me souviens d'une en particulier, je ressentais la consultante très sceptique, en fait je crois que c'est sa mère qui l'avait un peu poussé. Et ça faisait comme un filtre, une protection entre nous, tu sais comme si un voile nous séparait.

Et j'entends : « Son ascenseur est en panne, elle perd toutes ses chaussettes, c'est un peu le fouillis chez elle, Islam, et son aspirateur est en panne ».

Et je me dis, mais c'est quoi ces messages, elle s'en fout que je sache que son aspi est en panne ! Entre autres, et bien tout faut dame Cointepas, je captais des choses qui m'étaient complètement inconnues et qui faisaient que cette consultante était bluffée et le voile est tombé ! Et tout cela était vrai. L'Islam, car elle était avec un homme de cette religion.

En fait voici le style de message que je reçois, ou je vois des cartons par exemple, si une personne doit déménager. Parfois je vois l'endroit où habite les personnes et en donne des détails, ou je les vois à effectuer des travaux.

Je ne maîtrise aucun message, je laisse couler ce qui vient, tout passe par mon chakra coronal.[8]

Chakras : Nous sommes dotés de 7 chakras primaires et plusieurs secondaires. Ces chakras sont des sources, de centres où l'énergie circule et qui sont reliés les uns les autres. Un chakra qui ne fonctionne pas bien pourra agir sur les autres. Et le chakra coronal est au-dessus de la fontanelle.

J'entends dans ma tête, pas dans mes oreilles, je vois dans ma tête comme si j'y étais, je sens comme si c'était à mes côtés, je vois des détails comme des foulards, ou casquettes…

En parlant de casquette, souviens-toi, la cartomancienne m'avait dit : « La prochaine fois tu viendras me tirer les cartes ». J'avais vu un monsieur habillé en bleu, avec une casquette, il me parlait de potager, de sucettes… je le lui avais dit, mais cela ne lui disait rien.

---

[8] Chakra coronal : chakra de la couronne, est un centre d'énergie, et est au-dessus de notre tête, il est aussi le 7e chakra, on dit de lui qu'il est le cœur de notre conscience.

En fait elle avait occulté une partie de son enfance et lorsqu'elle en a parlé à sa sœur, cette dernière lui a confirmé cela. « OUF, j'avais bien capté. »

Nous sommes protégés

Après Guillaume, j'ai connu un autre guide « Oiseau bleu » ne me demande pas d'où ça vient, quoiqu'une vie antérieure en Amazonie ne serait pas un hasard.

Depuis janvier 2020, j'ai l'archange Mickaël, ou en tout cas ses vibrations. Marie le maître ascensionné aussi m'aide.

J'avais eu déjà des informations relatives à l'Archange Mickaël, lors de ma photo d'Aura. Je regarde une émission avec Lilou Macé, elle interviewait « Sylvie Nach » qui parlait de son, expérience, elle était alors professeur de français lorsqu'elle a entendu : « Ôte-lui le glaive » elle en a écrit un livre. « Les Armes qui nous ont tués ».

Je décide de la contacter, comme quoi, quand vous devez rencontrer les bonnes personnes… Elle avait une disponibilité dans ma région, et ce très rapidement.

Nous sommes restées 2 h 30, un sublime échange et un soin.

Durant le soin j'ai vu comme des aurores boréales dorés et rose, je crois me souvenir.

Après le soin elle me dit que l'Archange Mickaël était venu lui dire, que je ne devais pas chercher les réponses dans les livres, qu'il m'enseignerait.

Whaow, j'étais submergée par ce message, moi la petite médium ! Je ne me sentais pas légitime d'être aidée par l'Archange Michaël.

À ce jour j'accepte volontiers son aide ou ses vibrations que je nomme « mes plans subtils » et surtout je m'en sens légitime !

Aujourd'hui, j'organise mes journées entre consultations, soins, numérologie karmique et ma vie privée.

Ma vie est merveilleuse, je me sens totalement alignée depuis que je me connecte à l'Univers. Et je me sens reliée à l'Univers. Ça fait déjà 7 ans.

J'ai rencontré de belles personnes, j'ai lié d'amitié très forte avec certaines, comme Ma Lau, Véro, Nathalie, chacune de nous avons nos spécificités, à nous 4, nous pourrions créer une association d'ailleurs. 😊

En parlant d'Association

En mai 2019, grand baptême pour moi, Ma Lau organise un salon spirituel au nom de son association à Bordeaux, et me demande si je veux bien venir en tant que médium, je ne te cache pas que là ma panique s'est emballée, mais aussi l'excitation. Allez, j'y vais.

Ce baptême, j'ai adoré, j'avais des consultations de 30 minutes, moi qui reste au minimum une heure voire plus, j'avais un doute : « Vais-je avoir les informations nécessaires ? »

« Demandez, vous recevrez ! »

En fait la personne n'avait pas à poser de questions, j'avais la réponse, magique me direz-vous. En fait quand c'est le bon moment pour toi, tout arrive, j'en suis vraiment persuadée !

XII
L’initiée est prête

Quelques retours de mes consultations

Lors d’une consultation, Vanessa n’allait pas bien, j’ai pu lui parler de choses du passé, sans qu’elle ne se souvienne, et je la voyais faire des cartons, donc, déménagement, et je voyais le 17, était-ce le département ? Je voyais la lettre R…

Elle était seule avec ses 2 filles, il était évident que ça allait faire un grand changement et surtout beaucoup d’investissement personnel.

Lorsque je reçois les infos, j’insiste toujours sur le libre arbitre, et oui en effet ce que je dis peut donner le petit coup de pouce, ou de force aux personnes. Je voyais aussi un cadeau pour Noël non pas le père Noël « lol » mais je voyais une rencontre…

Peu de temps après, elle voyait des 17 partout, oui il se peut que notre rendez-vous l’ait influencé, mais il est possible aussi que ces signes, elle ne les voyait pas, et que notre rendez-vous lui a ouvert les yeux.

À ce jour, elle a déménagé, dans ce département et habite un endroit avec la lettre R, et a rencontré une personne au moment de NOËL, même si elle ne vit pas encore, a priori c’est en chemin.

Une autre connexion ou là, on me transmettait une information au sujet d'un homme qui ne prenait pas soin de sa santé, et qu'il fallait qu'il prenne plus soin de lui.

Laétitia raconte :

Tu m'as parlé d'un homme dans mon entourage proche, mon papa peut-être, malade, qui devait absolument se soigner que ça allait aller mais qu'il devait vraiment prendre soin de lui, qu'il ne le faisait pas jusque-là. Et bien c'est au moment où les médecins se sont rendu compte qu'il avait des problèmes rénaux. C'était il y a presque 2 ans. Aujourd'hui (ce fut compliqué de le convaincre !), il va enfin commencer la dialyse ! On a eu chaud parce qu'il refusait de se soigner et de prendre les choses au sérieux.

Entre autres choses dont tu m'as parlé qui se sont avérées vraies.

Je suis toujours surprise d'apprendre que les messages donnés s'avèrent « vrais ».

Et Laétitia a rajouté :

Oui, oui ! Et tout ce que tu m'as dit s'est passé.

Je te remercie beaucoup Kris pour cette connexion d'aujourd'hui et un grand merci à tes guides.

Ta précision m'a impressionnée.

Un grand merci à toi Kris une fois de plus.

Après avoir aidé mon ami Julien à prendre son envol dans l'au-delà, je reçois déjà des signes d'amour de sa part.

Hier en me promenant en voiture, 2 chansons sont passées à la radio.

Ces chansons je les écoute à chaque fois que je pense à Juju. Et lui dédie dès que possible.

Il le sait et a voulu me le faire savoir.

Merci beaucoup Kris, pour Julien et moi.

Bisous.

Merci, Kris, enfin je connais le nom de mon ange gardien❤️je suis encore très émue c'est la première fois que les miens rentrent en contact avec moi le plus étonnant c'est que ce qu'ils avaient à me dire je le savais déjà 💔

Mon frère m'a réveillé des infos très claires sur mon ange gardien 😟d'ici un jour où deux j'irai mieux 😇un grand merci à toi plein de bisous dorés.

Purée ! 😮

Je n'en reviens pas !

Une histoire de voiture sale.

Elle a été nettoyée sans laisser de trace ni vu ni connu c'est aujourd'hui… Que je me souviens je 🥴😂😂😂incroyable, merci ma belle.

Bonjour, j'ai tenté l'expérience avec Chris et j'ai reçu un cadeau. Merci, Chris, pour ta bienveillance et ton naturel. Tu as capté des choses vraies et avec un nombre de détails impressionnant. J'ai voulu tenter l'expérience avec toi et j'en suis ravie. Tu m'as redonné la pêche. Merci Beaucoup pour le temps que m'a consacré.

J'ai fait une consultation guidage avec Kris et ça a été un moment génial qui m'a fait beaucoup de bien. J'ai pu tout de suite saisir la justesse de tes propos Kris, ta connexion, ta bienveillance, ton authenticité, ton intégrité et bien sûr ta clairvoyance ! Merci pour ton cœur d'or :-)

Ma Kris❤️ depuis plusieurs mois tu m'as prédit des informations et aujourd'hui il a des choses qui se dévoilent encore… Un grand merci.

Lors d'une consultation, le papa est parti depuis peu, il me dit : « Merci pour ce beau texte. » Je vois une feuille dans son cercueil, je vois une peluche aussi. La consultante m'a confirmé ce que je voyais.

Je reçois aussi des personnes déjà médiums installées, mais pas suffisamment en confiance, en me connectant sur elle, je reçois des messages à leur communiquer. Voici le message que Lily m'a adressé.

J'ai eu deux consultations la première où j'avais besoin d'être rassurée quant à mon éveil spirituel et ce que je devais en faire tu as eu le message des guides qui disait qu'il fallait que je fonce que je change de carte de visite que je me fasse confiance que j'ose qu'il ne fallait pas que je doute de mes capacités que d'autres choses allaient arriver pour moi tu me voyais vendre des produits naturels suite à cela je me suis lancée en créant ma page Facebook en me mettant à mon compte en tant que médium énergéticienne la confiance en moi a été dur à venir et j'ai effectivement sans être influencée par ce que tu m'as dit j'y ai pensé quand le faisant j'ai vendu des produits naturels de nouvelles capacités sont arrivées également ce qui m'a permis d'avoir un peu plus confiance en moi.

La deuxième consultation que j'ai eu avec toi c'était pour savoir si je devais continuer ou pas étant donné que je n'avais pas beaucoup de clients voir pas du tout là tu as joué un rôle très important dans ma vie je ne sais pas si tu t'en souviens tu m'as fait comprendre que mon guide en avait marre ne savait plus trop comment me faire comprendre les choses et donc il est passé par toi tu m'as tendu la main tu m'as tendu des perches énormes tu as été un soutien très fort tu m'as fait de la pub sur ton groupe tu m'as proposé de participer à un live sur ton groupe mais j'ai refusé me sentant pas capable et puis un jour où tu avais créé un salon question-réponse j'ai participé et tu as dit devant tout le monde que moi Aurélie j'allais faire en direct une soirée de l'invisible comme toi mais sur mon groupe tu m'a même donné comme objectif une date que tu as calculé grâce à ma numérologie pour me conseiller la meilleure date possible pour y arriver je l'ai fait en salon privé mais je l'ai fait et je continue à le faire de temps en temps à le proposer bref c'était une parenthèse donc cette deuxième consultation avec toi était vraiment pour savoir si je devais continuer mon activité tu m'as dit qu'il fallait déjà que je m'accepte en tant que médium tu m'as dit d'arrêter de m'éparpiller avec mes formations que j'avais déjà tout en moi pour y arriver tu as eu un contact défunt avec ma maman qui vient te parler facilement parce que je pense qu'elle t'aurais adoré un très beau message où elle me disait qu'elle était fière de moi que ça ne l'étonnait pas du tout le fait que je suis médium et c'était mon chemin ma voix à suivre et qu'il fallait absolument que je continue j'ai pleuré comme d'habitude à chaque fois qu'on me parle de ma maman ou que maman me parle j'ai donc laissé tomber mes projets formation et j'ai essayé de me consacrer à ce que je savais faire et améliorer mon savoir-faire.

J'ai des capacités qui se sont mieux exprimées à moi j'ai pu reprendre confiance et être sûr que c'était vraiment mon chemin, je sais qui je suis à présent et j'en suis fière, je sais que je suis très entourée aussi et ça me fait beaucoup de bien.

Je n'avance pas seule aujourd'hui j'ai osé faire un groupe j'ose aussi créer un programme j'ai des rendez-vous je peux vivre de mon activité en tout cas payer mes factures et ne plus être dans le rouge je suis fière de moi je suis médium je l'assume complètement j'ai pu le dire à toute ma famille et tout ça, c'est grâce à moi grâce à mes guides grâce au soutien de ma maman mais aussi grâce à toi, car sans ces messages-là que tu m'as donnés je n'en serais pas là je serai complètement paumée et perdue tu as vraiment réussi à me sortir de là grâce à tous ces messages à ta bienveillance je te remercierai jamais assez.

En fait lors de connexion, les défunts m'adressent des images, des mots, un soir lors d'un live, j'avais une question relative à la connexion avec un papa, et j'entends : « À la Sainte-Catherine tout prend racine ». Juste avant j'avais en image une bêche je voyais bêcher en fait, je demande si le papa était jardinier ?

En fait le petit fils commençait un nouveau job et la société était rue Sainte-Catherine, et bien le papy le voyait, et il voulait dire que oui ça allait bien fonctionner.

Ensuite il m'a montré un avion, aéroport ? Eh oui, ils avaient eu un souci dans un aéroport.

Toutes ces infos me bluffent, ils sont vraiment très forts. Une photo de parents, et j'entends : « Je fais des plans » c'était le papa, et j'entends : « Ton frère donne des cours de musique », le papa de son vivant était architecte et quant au frère il avait été confié à la personne qui m'avait posté la photo et oui son frère donnait des cours de musique sur son nouveau plan de vie.

D'autre fois, on me montre par exemple des escaliers bancals et on me dit : « Attention, il faudra réparer, ou change des chaussures on dirait des godillots » et tout cela parle aux personnes.

Quelques fois, je reçois des messages alors que je n'ai pas prévu de connexion

Une après-midi, je reçois ma voisine, elle avait eu un soin d'une personne, et n'allait pas bien, donc nous nous mettons à papoter, j'entendais : « Dites-lui que je suis là, allez dites-lui », je ne voulais pas du fait qu'il n'était pas question de connexion.

À un moment donné il a bien fallu que je lui dise, j'avais cette présence qui se montrait à moi, elle me montrait de quoi elle était partie, j'en ressentais les douleurs, le lieu, j'avais « iette » comme son et ensuite Henriette, elle se montrait à moi.

Je la décris à ma voisine, elle ne voit pas du tout, le prénom encore moins et son départ du fait d'un problème à l'estomac non plus.

Bref, je n'insiste jamais lorsque rien ne dit à la personne, je mets de côté afin que mon mental n'intervienne pas.

Elle rentre chez elle, demande à sa maman. Bingo c'était son arrière-grand-mère ou sa grand-mère qu'elle n'a jamais connue, qui se nommait bien Henriette et qui était partie d'un cancer à l'estomac.

Peu de temps après, son papa tombe très malade, elle me demande de me connecter, et là j'entends : « Entre le Saint-Nicolas et Noël » son papa me prévenait que son départ était prévu, et en effet il est parti à ce moment.

Encore une autre fois, lors d'un soin, j'ai un « Marcel » qui arrive, je demande à ma consultante. « Tu connais un Marcel ? » c'est mon papa ! cool, le papa venait.

Ils sont drôles, car il fait « dring dring, et je vois comme une clochette », et d'un seul coup, elle dit : « Ho oui c'est l'anniversaire de ma petite fille, j'ai failli oublier. »

Ou il dit : « Marguerite », 2 jours avant, elle était allée acheter des fleurs chez un fleuriste portant le nom de marguerite. 😊

Je te le dis, ils sont toujours à nos côtés.

Comme tu peux le constater, j'ai vraiment pris goût à mes consultations en général, mais aussi aux directs sur mon groupe.

Mais aussi lors des méditations, des soins collectifs, mais surtout relatifs aux messages de l'invisible, en me connectant sur les personnes du groupe, cependant cela me demande énormément, car tu comprends bien que là ce n'est pas pour une personne, mais xx, et en général, j'y passe un minimum de 3 h 30, voir toute l'après-midi, car en amont les personnes ont posté des photos, ou posé une question, et en me connectant sur elles, et grâce à là-haut j'y réponds.

En fait, je suis vraiment reconnaissante, vraiment car sans eux je ne ferais rien et ils m'apportent énormément.

Ça fait du bien à tout le monde et j'adore.

Alors, quelques fois aussi là-haut, ils me donnent des informations, et ça ne dit vraiment rien à la personne, étais-je à côté ? ou était-ce un farceur ? Je ne sais pas. Ou peut-être est-ce une information pour plus tard ? Ou une vie antérieure à la personne ? je ne sais que répondre.

Alors je dis à la personne, de mettre de côté, peut être ça lui parlera plus tard.

Depuis un an, je suis sortie de ma zone de confort, c'est-à-dire que je fais des contacts défunts en salle, bon il n'y a pas 200 personnes, pas prête encore, mais j'avoue que j'apprécie, chacun met une photo de défunt, et je me connecte, et encore là, toujours bluffée et les consultants aussi.

Aussi quelques nuits, je reçois des messages, comme « elle va changer de voiture et sa prochaine sera une Fiat mini ». Je sais pour qui est cette information. Je note cela et quelques mois plus tard, et bien la personne a changé de véhicule et a acheté une Fiat mini.

XIII
L'initiée et sa spiritualité au quotidien

Ce que tu dois savoir est quand c'est le bon moment, tout arrive Laisser faire, ne pas vouloir aller trop vite. Lorsque tout est prêt pour toi, l'Univers te permet d'entendre, voir, ressentir. De toutes les façons, si ça doit venir, tu n'y peux rien ! Et tu rencontreras les bonnes personnes.

Toujours être dans l'accueil.
Toujours rester confiant (te), envers toi-même et l'Univers.
Toujours dans la mesure du possible rester positif(ve).
Tu n'as rien à faire que de laisser faire. C'est plutôt génial non ?

Alors oui je te vois venir avec ta question, mais comment ?

En fait, tu as déjà remarqué que lorsque tu te posais une question, quelque temps après tu pouvais avoir un signe comme réponse. Non ?

Bon tout n'est pas signe non plus, il est évident tu te mets sous arbre sur lequel il y a un nid et au sol, plein de plumes ce n'est pas un message on est d'accord. 😊

J'accueille, je ne mets pas de plan sur la comète, ma vie est déjà bien merveilleuse comme cela.

Et je ne me remercierais jamais d'avoir choisi cette vie, malgré notre expérience (notre fils).

Il est important de raison gardée et de garder la tête sur les épaules.

Si tu veux vraiment vivre ta spiritualité, laisse faire, franchement. En fait nous sommes tellement excités(ées) au début, que nous pouvons prendre ce que nous appelons le super melon. J'en vois des personnes qui de suite se disent ceci ou cela.

Nous avons toutes et tous tendance à nous laisser aller par la joie.

Je ne jette pas la pierre, c'est légitime, comme pour un enfant qui réussit 2 buts lors d'un match, ça y est, il se voit ballon d'or.

Nous sommes tellement fiers, nous nous trouvons exceptionnels, que nous voulons encore plus, et là est le danger, nos pieds ne touchent plus terre. Notre ego s'en voit grandi.

Il faut rester humble ! On ne se dit pas médium de suite, accepter d'apprendre encore, et encore. J'ai été comme ça lorsque j'étais plus jeune ! c'est pour cela que je peux me permettre d'insister.

Savoir profiter de notre vie au quotidien, c'est-à-dire qu'il faut savoir te garder du temps pour toi, le sport, la vie de famille, avoir une vie saine aussi, évite l'alcool. Trop, j'entends.

Tu peux, bien entendu, boire un coup avec tes amis, mais ne tombe pas dans l'alcoolisme. Et la drogue, n'en parlons pas, car là, tu te mets vraiment en danger, même le petit pétard qui peut paraître anodin, car là, tu peux recevoir n'importe quoi. Lorsque j'écris n'importe quoi, je pense bien évidemment à des âmes coquines ou moins sympas qui peuvent se faire passer pour des défunts liés au consultant et qui ne sont pas.

Après tu as et j'insiste ton libre arbitre ! ☺

Il ne faut pas non plus que la spiritualité t'absorbe au risque de t'engloutir, car là tu peux tomber dans l'excès et être à côté de ta vie.

Quand ce n'est pas le moment là-haut, ils savent te le signifier, aussi.

Un jour, je devais me préparer pour une connexion du lendemain. Je me prépare, et rien, et j'entends : « Sors, va te ressourcer dehors ».

MOI : Ben non il pleut, donc je ne sors pas.

EUX : Sors, de toutes les façons tu n'y arriveras pas.

« Agrrrr », j'avais un flegme total et je répète il pleuvait.

Tu sais quoi ? Je suis sortie, car pas moyen.

En fait en sortant, j'entendais que l'on m'appelait. Ce n'était pas une personne, c'était un vieux chêne de plus de 200 ans, ou la nature, qui m'appelaient. Alors je suis allée jusqu'à l'arbre, je me suis adossée à lui et là, whaow, c'était juste génialissime, je ressentais toute l'énergie me traverser le corps.

Je suis revenue chez moi, en fait ce n'était pas pour m'embêter qu'ils m'aient forcé à sortir, c'était que mon corps en avait besoin tout simplement, et je ne m'en rendais pas compte, car trop absorbée par l'envie de me connecter…

Tu devines la suite ? j'ai tout capté, et j'étais prête pour ma consultation du lendemain.

À ce jour, je ne prends qu'un rendez-vous par jour, voire 2. Et j'ai des horaires, c'est-à-dire qu'au-delà de 18 h je ne prends plus de rendez-vous, car ce dernier m'emmène au moins jusqu'à 19 h 00-19 h 30, et il faut préparer le repas, je me garde 2 jours par semaine, la matinée pour aller marcher, très important pour mon dos. Je ne consulte jamais le week-end, vie privée, lors de nos vacances pas de connexion, sauf si urgence.

Après tu feras comme bon te semble, je te prodigue juste des conseils.

Je ne fais des directs qu'une fois par semaine, et encore quelques fois je reste au moins 2 semaines sans en faire.

Il ne faut pas se forcer à, tu fais comme tu le sens. Tu peux un jour ne pas ressentir un rendez-vous, ou tu ne te sens pas bien, fatigué (ée), reporte-le, ou donne le nom d'un autre médium. Tu risques de ne pas être dans les meilleures conditions pour canaliser.

Tu sais quelque part, l'Univers s'en chargera.

Une fois je n'étais pas en forme, mal au dos, j'avais un rendez-vous, mais je n'osais pas le reporter par respect pour la consultante.

Elle m'appelle, elle voulait reporter, car devait faire une chose importante. L'Univers s'en est chargé. 😊

Et aussi ne pas se laisser envahir par les personnes, plus tu donnes, plus on te prend. Je le répète, **tu dois te respecter et tu seras respecté** (message de mes guides).

Ma vie privée est très importante, mon couple est très important, quant à mon fils, je ne te fais pas de dessin.

Aussi je ne veux pas devenir une super star comme ces personnes, qui passent à la télé, je veux rester une simple médium connue certes, mais pas dans la variété, en fait ce qui me fait peur, ce sont les mauvaises personnes qui pourraient me faire du mal, et j'en ai vu des médiums se faire démolir, et je trouve cela injuste, méchant. Et je ne suis pas certaine d'être à la hauteur pour le vivre.

Tu sais lorsque l'on dit « la lumière attire l'ombre » ce n'est pas anodin.

Un autre médium m'a dit : « Pour vivre tranquille, vivons cachés ». Elle a raison.

Déjà que, mon entourage, certaines personnes se chargent de me tailler des costumes sur mesure, style : « Elle est folle, mais que fait son mari avec elle ? » et ça me fait très mal de l'apprendre, par personne interposée bien entendu. Bon c'est une personne qui l'a dit, peut être que mes capacités lui font peur, ou comme pour elle, cela n'existe pas, je mens.

Mes amis(ies) connaissent mes capacités, je fais en sorte de ne plus parler de cela lorsque nous sommes ensemble. Avec certains couples, c'est eux qui lancent le sujet, car ils approuvent et surtout sont bluffés de mon évolution. Et encore une fois, si tu es propre sur toi, tu n'as rien à te reprocher, tout ira bien.

Tout ce que je sais est que je suis vraie, ce que je vis, ressens, entends, et vois, c'est vrai ! Je me regarde dans une glace et je vois une femme qui a la tête sur les épaules, et qu'elle est alignée.

L'Univers m'a mis sur la route, le départ d'un ami très très proche, qui était cartésien, quelques jours avant j'avais eu l'information qu'il partirait le 20 février. En effet, j'avais noté cela, et je l'ai montré à mon mari. Le lendemain de son départ, il est venu me trouver. Sa conjointe m'appelle et me dit : « J'ai eu un signe ! » génial, nous discutions toutes les 2 et mon ami arrive, j'étais en voiture mais je me suis garée.

MOI : Yannick me dit que tu dois lui mettre ses bracelets.

M. : Oui c'est prévu.

MOI : Et son collier !

M. : Ben, je ne sais pas où il est, j'ai cherché partout.

MOI : Yannick me dit regarde dans sa poche de blouson foncé.

M. : Roo ce n'est pas possible, je l'ai, ho génial.

MOI : Yannick me dit : « Il faut qu'elle te parle de mon extrait de naissance. »

M. : Ho lalalalala, figure-toi... et elle me raconte la fameuse histoire.

Le mercredi matin, mon ami dit : « Dis à mon Jojo qu'il écoute la musique ce soir ».

Jojo est mon époux et n'écoute que les infos le soir. Alors en sortant de son travail, il met une radio qui émet essentiellement la musique », il démarre et d'un seul coup « the signe of the times » et à plusieurs reprises, il s'est affiché « the signe, the signe, … », et quelques mois avant le départ de notre ami, avec mon époux ils s'étaient dit : « Le 1er qui arrive là-haut le prouve par **des signes**. » 😊

Pour la petite histoire, mon époux est cartésien de base, il veut des preuves, quant à mon ami il l'était aussi autant que mon époux, qui malgré tout commence à s'ouvrir du fait de mes expériences.

Et pour finir, un dernier conseil d'Âmie

Il faut être soi, vivre le moment présent, ne pas faire de plan sur la comète, car quelques fois de trop rêver, ton objectif peut être inatteignable et là tu chutes !

Vivre l'instant présent, le ici et maintenant !

Si tu veux quelque chose, tu fermes les yeux, tu le rêves, tu le vis, au plus profond de tes tripes, tu remercies de l'avoir et tu verras !

Lire beaucoup, voire regarder de belles émissions sur YouTube, « On ne vous demande pas d'y croire » avec Philippe Ferrer, il a toujours de bons invités. Il y a aussi Sylvain Didelot, terr2, Nuréa TV aussi, très bien avec Nora et Guillaume. Il faut que tu te documentes, après bon, il ne faut pas se leurrer il y a de tout. Ne te laisse pas embarquer par des émissions négatives, « On va tous mourir ». Ben oui, c'est notre passage ! Tu dois rester positif, coûte que coûte car tu resteras dans de bonnes vibrations.

Juste pour te faire sourire, tu l'auras compris je suis une grande lectrice, et je me suis dit : « Bon allez je sors un peu de la spiritualité, je vais lire des romans, et bim ces derniers sont l'histoire de femmes médium » j'ai souri, car quand tu dois, là-haut ils te dirigent vers ce que tu dois lire ou faire ».

J'ai fait faire mon thème astral, avec Jacque Birolini. « Génial cet homme. » Je te le conseille. Et en fait, d'après mon thème, je suis venue m'incarner pour vivre ce bonheur d'être médium, au jour où je t'écris ces lignes, il est indiqué que je dois transcender, être plus connue. Est-ce, ce livre qui sortira ? je n'en sais rien.

À ce jour, j'ai aussi suivi une formation « Numérologie karmique » avec Anne Ray Wending, elle est passée à l'émission de Philippe Ferrer, et j'ai adoré sa façon d'être.

Je lui ai écrit afin d'avoir des informations relatives à ses formations.

Et quand je dis : « Quand c'est le bon moment ».

Elle ouvrait une session de formation via zoom et toutes les dates proposées me convenaient. De plus le coût très convenable.

À ce jour, nous formons un super groupe et nous apprenons ensemble, échangeons. Et il est vrai que certaines parties de numérologie me manquaient.

Ce qui est super, est lorsque je fais des thèmes, j'ai des images furtives de vies antérieures, certaines pas belles à voir. Mais logiquement, dans nos vies précédentes, nous n'avons sans doute pas été tout blanc. Et même dans notre vie d'aujourd'hui d'ailleurs.

De plus la numérologie permet de mieux te connaître, ou de connaître les autres. La numérologie peut t'aider à savoir où tu en es dans ton incarnation, le pourquoi tu es ainsi, et ce qui peut t'attendre aussi. En fait, la numérologie te permet de mieux te voir, comme si ta vue se trouvait changée, car tu portes des lunettes.

La numérologie aussi peut t'aider lors de prises de rendez-vous, ou un choix de nom de société, car chaque lettre à son nombre et vibration. Et tu vois lorsque je me suis déclarée en tant qu'auto-entrepreneur, j'ai choisi le bon jour, afin d'avoir de bonnes vibrations.

J'ai aussi commencé à suivre des cours d'astrologie, et j'ai buté sur « les carrés, trigones… » impossible à comprendre, ça ne rentrait pas. Alors peut-être que plus tard, je reprendrais ces cours, car très attirée par l'astrologie.

À ce jour :

J'anime mon groupe et propose des ateliers de formation « d'information » plutôt, car lors de notre naissance, le reset fait que nous avons oublié, mais nous avons ces facultés, et j'adore transmettre. J'organise aussi des soirées à thèmes, méditations, soins collectifs, messages de l'invisible, j'adore ! Je crois l'avoir écrit d'ailleurs cela, mais vois-tu c'est tellement chouette, que je radote.

Tout ce que j'espère c'est continuer encore et encore cette vie, de maman, épouse et enfin de médium, avec encore de plus grandes capacités. J'aimerais l'incorporation, comme Alain Joseph Bellet, pour moi le plus grand des médiums. Aurais-je ces capacités ? J'ai bon espoir, lorsque je serais « grande », car même si j'ai quelques années d'expérience, j'ai encore beaucoup à apprendre. 😉 Et nous apprenons chaque jour de notre vie.

Bon, et bien je pense avoir fait le tour, de ce que je pensais à partager.

J'espère que tu as passé un bon moment avec moi, comme j'ai eu plaisir à écrire ces quelques lignes.

J'espère de tout mon cœur, que ce livre te donnera envie de continuer dans tes ressentis, à te faire confiance et faire confiance, qui pour moi sont les 2 piliers de la spiritualité.

Tu peux aussi rajouter l'ingrédient essentiel, l'AMOUR, et abandonner la PEUR ! Oui, s'aimer et aimer c'est important. Je ne suis pas une sainte loin de là, j'essaie, je fais des efforts pour éviter de juger, « y a du boulot » le naturel humain revient au galop. 😊 Mais c'est comme un entraînement, à force d'y travailler, on y arrive.

Bon je te laisse à ton carnet de l'intuition, souviens-toi, écris ce que tu ressens, entends, vois.

Et qui sait, peut-être un jour, nos routes se croiseront ? 😊

Merci d'avoir pris le temps de lire mon 1er livre, peut-être aura-t-il une suite. L'avenir nous le dira.

Namasté !

Postface

La peinture de la couverture est faite par Françoise Chabrol qui est une artiste. Le chemin de son âme est de dessiner. À travers ses peintures, portraits en l'occurrence, elle reçoit des messages et se laisse guider. Françoise est une personne comme toi, moi, et en toute humilité, n'explique pas comment cela vient, elle se connecte au portrait et laisse faire le pinceau. Voici comme elle a capté mon âme.

J'ai voulu mettre cette peinture, car elle me ressemble bien. Au travers de ces lignes, c'est mon cœur et mon âme qui ont parlé, je cherchais tellement de l'aide au départ de ma médiumnité, que je me suis dit (je n'ai pas eu quelqu'un pour me guider et m'aider à me lancer, si ce n'est mes guides qui m'ont fait rencontrer les bonnes personnes, et mon âme qui s'est dit c'est bon on y va) qu'au travers de ce livre, si les personnes qui débutent tout comme je l'ai été peuvent se sentir entendues, comprises et guidées, ce sera pour moi un grand soulagement.

Merci la vie.

Christine

Remerciements

Merci à :

- Ma mamie qui, de l'autre côté, m'a poussée à partager mes expériences paranormales.

- Mon époux, de m'accepter et m'aimer telle que je suis.

- Notre fils, qui a réveillé mon âme.

- Ma maman, d'être toujours à mes côtés et d'y mettre son grain de sel.

- Françoise Chabrol qui, du fait de ses capacités médiumniques, a pu se connecter sur mon âme et en a ressorti le plus beau. (La couverture de ce livre)

- Ma Lau, qui a eu la gentillesse de faire la préface de mon livre. Anne, son amie de l'autre côté qui, grâce à notre connexion, a permis la naissance entre Laurence et moi d'une belle « Âme itié ».

- Mes guides, Guillaume, Oiseau Bleu et maintenant l'Archange Mickaël et les plans subtils, d'être à mes côtés chaque jour.

- Mes consultants(tes), les membres de mon groupe « Éveil de l'Ô de l'Âme » pour leur confiance, leur témoignage, leur encouragement, leur recommandation.

- Véronique Varé surnommée « Véro Véro » et Nathalie Lehmann surnommée Nath'Ange avec qui un lien très fort existe.

- Mon Âme, d'avoir choisi cette incarnation.

- Et enfin à Le Lys Bleu Éditions qui a cru en l'intérêt de mon livre. Quelle magnifique expérience ! Merci.

Table des matières

Imprimé en France
Achevé d'imprimer en avril 2024
Dépôt légal : novembre 2022

Pour

Le Lys Bleu Éditions
40, rue du Louvre
75001 Paris